模仿和極彩度的灰

imitation
and
brilliant
gray

天才藝術家
loundraw —— 著

suncolor
三采文化

繁體中文版獨家作者序——

我們都不完美。但努力活著的樣子很美麗

當我在心中做了「我要寫小說」的這個決定後，我發了一個誓，我要寫出只有 loundraw 才能寫的故事。身為插畫家，我有很多機會畫小說封面，每次拿到修改過無數次的原稿，成為那本小說在世界上的第一位讀者，就能深深感受到要完成一本書有多麼辛苦。

寫故事是很崇高的一件事，當初我還記得我非常煩惱：有生以來第一次寫小說的自己，到底能做到什麼？可是，正因如此，我才會想寫只有我能寫的故事。我沒有寫作技巧和經驗，也不是小說家，而這樣的我，唯一特別的就是做自己。

「平凡無奇的少年」、「青年」、「loundraw」，這個世界上我最了解的就是這樣的自己而已。所以，我放棄精心構思劇情，而是把自己曾經看過的情景赤裸裸地呈現在故事中，我相信這樣一定會有好結果。而這也是我對寫小說這個行為的最起碼的尊重。

我非常嚮往小說、動畫和電影，這種有時間軸的呈現方式。因為插畫的特性是截取瞬間，無法傳達前後的情景。我一再想像畫中的她從此將迎接什麼樣的人生，有怎樣的歡笑、哭泣和長高長大，我嘗試呈現人活著這件事。因為現實是由許許多多的光影所組成，只靠瞬間的閃耀是無法呈現全貌。

而這個世界是由愛、溫柔和正確，這些無形的東西所構成的。人們透過看不見的東西互相支持，有時也互相傷害。我曾經有過這樣的經驗，也許你也有。人可能不正確也不完美，可是雖不完整也努力活下去的樣貌，其實非常美麗，不是嗎？這個想法，促使我動筆寫了這個故事。

寫小說的過程中，我回顧人生的時間變長了。包括剛開始畫畫時的喜悅與興奮、自卑與苦惱，後來我走了多遠？變了多少？以後又會如何改變？這些對我來說都是非常非常重要的一部小說。這個故事成為我作為小說家的一個指標，對於我今後從事的所有活動也是如此。

能夠完成這樣一本書、能夠得到創作的機會、能夠有讀者願意看這本書，我要對這一切獻上最誠摯的感謝，希望大家能夠喜歡。

loundraw

2018-06-18

天空已開始混入了橘色。我快步走在住宅區裡，快得幾乎是用跑的。花了好久好久的時間才到這一步。

回顧過往，我想著一直都是她引導著我，坎坷的遇合所交織出來的今天，真真切切地教導了曾經活著虛假的我。

什麼是活著。

什麼是原諒。

什麼是被原諒。

我沒有把握，但是，時隔八年正匆匆趕往那個地方的我，這就已經幾乎是答案了吧。

她一定在等我。

我有話要告訴她，趁著那鮮明的記憶尚未褪色。

我走著走著，佯作不知道深藏在心底的悲傷。

看來我是比國中那時候，更成長了。

2010-06-08

幾滴水乾了，白白的水痕在玻璃窗上形成斑點，既然連雨都是髒的，那就沒有什麼是透明的了。我托著腮望向外面，這時英文老師點名我。

「呃——那，山浦。」

「是。」

教室的椅子發出聲音。「唸一下這句。」老師揚下巴指的地方，有一個英文短句。

It is difficult for me to imitate her moves.

老師好像教到不定詞的單元，我把句子唸出來，用心讓發音表現出不會太爛也不會太好、誰也不會多注意的程度。

「伊特以滋、底ｆｉ考特、to、伊迷tate、her、木不滋。」

「嗯，然後呢？」

老師問我句子的意思，我翻找記憶。

Imitation，模仿、仿造、偽造，意指非真品。

「對我來說，要模仿她的動作很難。」

「對。」

看老師點頭，我輕輕拉回椅子坐下。按在筆記上的自動鉛筆芯，悄然無聲地，不知消失到哪裡去了。

大人都不知道，我們能夠因為蠢得令人難以置信的理由就討厭一個人，像是愛裝好學生、發音太矯情之類的理由，就綽綽有餘了。所以不管我被老師點名多少次、上多少補習班，我的破發音都不會進步，我也不想進步。再三強調這種事實在很煩，但這樣最保險。

每天都是這樣，但是對我來說，這就是一切。

那天，我第一次蹺了補習班的課。雖說是蹺課，但我其實有去。

那時候，我把初春的模考試題塞進書包，老師正在上數學。要解二元方程式時，我的筆尖忽然變重了。啊！老毛病又來了。我不理會自己的手指繼續寫，最後終於連動都不能動了。

我從以前就是這樣，有時候手會抖，每次開始覺得麻都一定是在上課，不然就是和朋友在一起的時候，不過不知不覺就會停下來，所以我一直以為是肌肉痠痛。可是，這次好像沒有這麼簡單。

「山浦，你還好嗎？」

數學老師看著我。據說補習班的同學看到那時候的我都很擔心，覺得我臉色差得好像快掛了。其實當下的我是很冷靜的，還有心情判斷只要休息一下應該就沒事。

但是，「對不起，我身體不舒服，今天想先回家。」我卻無意識地這樣回答老師。

離開補習班，從塞車的大橋往下走到河岸邊。我看著自己半長不短的影子覺得很新鮮，這才發現我已經好久沒這麼早回家了，聞著夏天的青草味，身體慢慢就好了。接下來呢，因為我不想直接回家，專挑了和平常不一樣的路走。走了三十分鐘到了鄰鎮的商店街，正好是主婦們採買的時間，跟一個被母親牽著手一臉幸福的小朋友對上眼。

媽媽為了我的人生規劃可說是拚了命。我聽她的話用功唸書進了好國中，再來是高中，然後是大學，最後就是求職了吧。每次成績排名上昇，媽媽就說「保持這樣就沒問題了」，露出一臉滿意的神情，可是，我就是高興不起來。這樣努力唸書、找到工作，然後呢？我懷著這種心態去補習班，卻又不想讓媽媽失望，所以這樣的我肯定有問題。

被我踢飛的小石頭在柏油路上彈跳，最後掉進了灌溉水渠。看了這次模考的成績，媽媽一定又會很高興了吧，然後照例做我愛吃的，晚餐八成又是漢堡排吧。

我的隨興亂晃也接近尾聲了，穿過平常從家裡就看得到的社區，有一座位在住宅區周邊的小公園。破柵欄和雜草叢生的沙堆後面，有兩架黃色的鞦韆。一坐上去就發出生鏽的唧唧聲。

我心想等太陽下山就回家吧。我伸長了腿，呆呆聽著隔著遊樂器具傳來的小朋友聲音。是小學生在玩捉迷藏，他們在狹小的空間裡跑來跑去的身影好輕盈，忘我地追逐著彼此的影子。

那情景對我來說好遙遠。夕陽都已經碰到水塔了，我還是一直看著地面。

然後，就在我好不容易準備站起來的那一瞬間……

卡喳。背後響起的這個聲音，讓我不禁回頭。

那裡站著一個人。我發現那個人拿著相機害我看不到他的臉。那個好像會把人吸進去的七彩鏡頭裡，映著一臉傻相的我。

「哇，對不起喔。」

聲音很清澈的那個人跟我道歉，並放下相機。是個女生，好漂亮，我心裡自動出現了這個感想。深藍色的雙眸盯著我，淘氣地笑了。她微偏著頭，淺色的長髮柔順地飄動。

「問你喔。」

「……請問。」

「我可以坐你旁邊的位置？」

纖長的指尖指著鞦韆。我點了頭。

「太好了，謝謝。」

她的臉發亮，一屁股坐在鞦韆上。「黃昏的這個時間，會讓人想起很多事喔。」她閉上眼睛仰起頭，她看起來應該是高中生吧，感覺很成熟。

「那，你是不是遇到了什麼不開心的事？」

「怎麼說？」

「你一臉憂鬱啊。」

「……沒有這回事。」

「咦——真的嗎？好吧，如果是我想太多就好。」

她低下頭，影子落在鼻尖上，我以為我讓她不高興了，卻又不像。她輕快地哼起歌來，哼出一首我不知道歌名但聽過的日本流行歌。她的表情和剛才截然不同，很愉快，我實在無法預測這個人的反應。

「……請問。」

「什麼事？」

「不好意思，請問您是？」

「喔？這個嘛，我是攝影師。」

她舉起那台看起來很貴卻磨損的單眼相機，露出得意的微笑。

「我不是問那個。」

「拍照，是我的生存意義。」

「噢。」

「我想認識各式各樣的人和風景。我最近才來到這個地方，所以暫時住下來到處看看。」

她逕自說了起來。她帶著那台小相機在日本國內到處跑。學校和旅費呢？她的聲音比剛才更高更響亮了，蓋掉了我腦中這個直覺性的問題。我想她說的一定是真的，因為她比手畫腳、顧不得換氣說得好起勁的樣子，看起來真的很開心。

「……深山裡有一棵好大好大的樹叫妖怪杉，我就和她一起去看了。因為她生病了，只有一天自由時間。可是，她怎樣都不肯放棄，所以我們兩個人早上五點就出發了。」

「早上五點！」

她說起一個又一個日常生活中不會發生的故事，一回神我已經完全沉浸其中。每一個故事都是我求之不得的體驗，我想她的日子一定沒有一天是相同的。她所在的世界，對我而言非常耀眼。

「是很辛苦，不過還好我們去了。那棵樹可是大得嚇人哦！就算有二十個我手牽手都圍不起來！」

「啊！對不起。」

「嗯？」

「我必須回家了。」

公園裡的路燈照著張開雙手愣住的她。冷卻了的天空沉入深藍之中，小朋友的捉迷藏不知何時也解散了。她環顧四周，搓了搓上臂。

「對喔，已經這麼晚了。」

「聽妳說話，我真的很開心。」

「真的？那我就沒白說了。」

她高興地笑瞇了眼，將頭靠著鞦韆。

這個人所有的一切都跟我不同。她不會為了無聊小事煩惱猶豫，能夠活得隨心所欲。如果能夠活得那麼單純爽快，該有多開心啊。在既羨慕又無奈的心情下，我背起了包包。

「那麼，我先回家了。」

「啊，等等！」

她從後方追了上來。一回頭，她已經架好相機，閃耀七彩光芒的單眼眨了一下。

卡喳。

「可能拍到好照片了哦。」

我誇張地倒仰，睜大眼睛。

「怎麼可能。」

「咦——對我有點信心嘛。洗出來我也會給你的。」

「噢。」

「你等著吧！那麼，回家小心哦！」

我和她在公園出口又一次對上視線，她揮舞著雙手叫道：「下次見！」

我也忍不住跟著揮手，心想著晚餐是最愛的漢堡排。

「下次見！」就代表永遠都不會消失嗎？

很多時候的「下次見」其實只是維持原狀。一起唸書吧！一起玩吧！一起打電動吧！我對沒有實現的約定會漸漸淡化，最後再也想不起來，更何況是和初次見面的她呢。就這樣，都已經快過了兩個禮拜。

「山浦同學都看什麼電視節目？」

快掃完地時我正在掃樓梯轉角，長野同學這樣問我。

我不用想就回答了，在換季第一週便已迎接夏天馬尾的她：

「最近沒時間看電視，我都忙著補習。」

正因為這樣，才會在意和她的約定到底會如何。那座公園離我回家的路很遠，我只在上週末去了一次，那時只有一對母子在沙堆那裡玩。再這樣下去我就會被忘記，在不久的將來，那句「下次見」就會消失。

「這樣啊，因為山浦同學頭腦很好嘛。」

長野同學一邊嗯嗯有聲地接受了我的答案，一邊弄掉拖把上的髒東西。

「可是，山浦同學常被老師點到，我都替你緊張呢。」長野同學笑了。

她坐在我後面。她會在下課時間戳我的背問我問題，老實說有點煩。

「我頭腦不好啊，很普通。」

「才不普通呢！每次考試都是前十名。」

「上次的期中考沒考好，真希望不要發考卷。」

「發就發啊，反正你考不好還不是很高分。下次考試借我看啦！」

我假裝因為鐘聲響所以沒聽見，開始收拾打掃用具。我去倒了畚箕的垃圾回來，長野同學還在弄拖把，而且她還在講那些無關緊要的閒話。

「我常看月九（週一晚上九點的強檔）連續劇呢。」

「哦。」

「大志，你們在聊什麼？」

說著，亮太和直樹從另一邊走過來。直樹是足球社的，這時候也用抹布練挑球。

「拜託，直樹同學，你那樣好髒。」

「好好好，長野真的管很多欸。千萬不要坐妳這種人旁邊。」

「那，大志，你們在說什麼？」

「喜歡的電視節目。」

「那個喔，我喜歡看整藝人的。」

「我懂！把眼睛矇起來，車子時速開到一百公里那個超好笑的。」

我從開始嗨的亮太他們身邊離開，往樓梯轉角一看，水桶還在那裡。負責擦扶手的南同學和負責牆壁的本田，大家都裝作沒看到就下樓了。

這時，長野同學拍了我的肩。

「山浦同學，你也會去看下週要上的新片吧？我超愛那部洋片的！」

拿在手上的畚箕瞬間滑落，掉在地上發出好大的聲響。又來了。我背對他們三個，藏起發抖的手指撿起來。呃，她說了什麼？哦，洋片啊。

「……那個系列的確很好看。我也去看好了。」

「要跟我說感想哦。」

「如果有去看的話。」

我隨便回應一句，提起水桶下樓。他們三個一副還沒掃完的樣子，最後都不會收掃除用具，所以每次都是我在收。上次班導發現水桶沒收，才剛罵過人而已。黑黑的髒水好重。

煩人的事好像還沒完。班會時發回來的期中考成績是有史以來最差的。「這樣第一志願有危險哦。」教英文的副班導還補了這一句。你這個不負責任的傢伙，為了方便上課只會一直點名我，別只會在這時候給我擺老師的架子。我很想這樣跟他翻臉，但想到我的考試分數，結果還是乖乖留在補習班復習。

「我回來了。」

回到家，打開門。昏暗的走廊盡頭亮著燈，我放下書包走到客廳，媽媽正在煮晚飯。

「你回來啦，大志。」

「爸呢？」

「說今天會很晚。」

「是喔。」

房間的窗簾被拉上，桌上也擺好了餐具。啊！是我討厭的涼拌茗荷，還有味噌煮鯖魚已經在餐桌上了。我倒茶時，媽媽也盛好了白飯，晚飯準備好了。雙手合十說聲「開動」，我最怕的時間就此開始。

「最近學校怎麼樣？」

「普普通通。就快放暑假了，不用上無聊的課，很輕鬆。」

我們之間的會話很單調，不會脫離「考生」和「支持考生的母親」的話題，這反而把我們假裝沒看到的一切突顯出來。我很想毫無意義地說些「最近都沒買新遊戲呢」之類的話。與共享天倫相差十萬八千里的晚餐時間就快結束，媽媽放下碗，面無表情地朝我的房間看。

「對了，」

我知道這個聽膩的開場白之後會接哪句話。

「期中考的成績差不多該發了吧？」

「……哦，我忘了。等下給妳看。」

我按住手中不停打顫的筷子，裝傻這麼說。

接下來的晚餐一點味道都沒有。我收拾好碗盤把成績單放在餐桌上，回到房裡躺在床上閉著眼睛，大概過了五分鐘吧，我聽到客廳門打開的聲音，有人穿過走廊停在房間口。一段沉默後敲門聲響了，一個誇張的聲音說：

「大志，我可以進去嗎？」

「好。」

房間很暗，站在那裡的媽媽臉色更暗。我別開視線，看著牆上的開關。

「媽，什麼事？」

「還能有什麼事。」

一張紙被推入視線內。不用看也知道那是什麼。

「……我這次有點粗心。下次會更小心的。」

「這種分數不是有點粗心而已吧。」

「是錯在大題一開始的地方。而且，上次在補習班的模考成績不差啊。」

「就算不差，你在學校的期中考也要維持在前十名內。國中拿這個名次，模考的成績根本沒有意義。」

把我同學講得全都是白痴一樣。媽媽到底懂什麼？

「……好。」

「你最近沒什麼精神。怎麼了嗎？」

「沒事。」

「如果有什麼在意的事就說出來？要是補習班的進度太快太慢，媽媽會去跟他們反映。」

「不會。」

結果又扯到補習班。

就算求媽媽讓我休息，她也不會答應。而且，為什麼頭一個想到的是補習班？要是累了就休息一下吧之類的，就算不是真心的講一下會怎樣？反正，妳要的只是我考試考好而已。

「這是為了大志好。為了以後不後悔，現在更要全力以赴。」

什麼屁話啊。

——下次考試借我看。

為什麼每個人都這麼自私？

手又要發抖了。反胃的感覺和怒氣往上衝。

我受夠了。

我討厭你們所有人。

「夠了。」

推開擋住門的身軀，我聽到媽媽倒地的聲音，卻還是穿上球鞋走出家門。

「大志！」

我奪門而出，眼淚潰堤。在熱氣全消的街頭一味地逃，不顧一切地跑著跑著，景色變了。我在陌生的大馬路上停下腳步，紅燈好刺眼，喉嚨痛得像火在燒，疲勞和虛脫突然來襲。

我在幹麼啊我。我再也不想動了，哪裡都不想去。我懶得回家，也懶得跑了。一切都無所謂了，全都給我消失，那就輕鬆多了。

「喂！」

有人用力拉住我的手。車子從鼻尖擦過，大得快刺破耳膜的喇叭聲與車尾燈一同往黑暗流逝。事情就發生在剎那間，重拾寧靜的斑馬線上響起一個生氣的聲音：

「還是紅燈你做什麼！差一點就……咦？」

是公園的她。看著她擔心的眼神，我才明白自己剛剛差點做了什麼。原本用力拉著我的手放鬆了，她忽然笑了。

「散散步吧！」

她鬆開我的手。燈號還是紅燈，但我並不想跟著過去。

反射了燈光的水面上，有一點一點沙洲的影子。河岸邊深藍得有如另一個世界，不知何處響起蟲鳴聲。

「今天就真的有什麼了吧？」

我走在她身後幾步之外，望著遠處的她身上的白色罩衫在夜裡很顯眼。她擔心我會受涼，就把披在肩上的開襟羊毛衫借給我，聞著有一股甜甜的味道。

「沒有，沒事。」

「咦——沒事的話國中生不會這麼晚跑出來哦。」

笑聲停了。

「你告訴我吧。我會聽你說的。」

她突然停下腳步，我們的距離縮短了。抬頭看見她在黑暗中抿著嘴的認真表情，筆直地面向我。

如果是她，也許可以說出來——我心裡是這麼想的。

我依序說出今天發生的事，還不得不把之前怎麼過日子的情況交代清楚，那些都是我一直藏在內心深處的心事。

「……原來如此。」

「大家都只挑占便宜的好事來做，自私自利。同學完全不會去想是不是對誰不公平，而媽媽只關心成績。算了，反正我什麼都不在乎了。」

不斷從嘴裡吐出來的話，讓黑色的情緒越來越鮮明。「是嗎？」她說著朝半空中吐氣。不知何時雲散了，露出了半個月亮。

「我倒覺得你媽媽其實是很關心你的。」

「怎麼說？」

「因為，她每天煮飯給你吃呀。那不是很幸福嗎？家裡有人在等，讓我好羨慕。」

「是我錯了嗎？」

「我不是這個意思。」

「我也不太會說。」她著急地摸摸頭髮。

「學校的事也是，你對周遭的人事物都觀察得好仔細。」

「要是看不到就好了，這樣我比較輕鬆。」

一旦發現了就無法視而不見。而且，反正其他人也不會採取任何行動。

「可是，你卻不希望媽媽瞧不起這些朋友，不是嗎？」

「……」

「人心真的很難對不對。」

她低下頭的側臉看起來非常傷感，害我覺得好像是我讓她難過了。我趕緊思考，一直梗在我心裡的這種矛盾究竟是什麼。

「大概是，我認為凡事都一定要完美才可以。」

這是我無意間說出的句子，卻意外切中我心中的答案。

我想要盡心盡力全都做對，無論對誰都一樣。否則，隨隨便便的自己會讓大家失望，使我無處容身，同時這也讓我覺得我就不再是我，很害怕。

「完美啊。」

她大步向前走。「我倒是覺得你已經很厲害了！」聲音自黑暗深處響起。「我就沒辦法像你這樣。就算和人在一起，也沒有把握能了解對方多少。會擔心自己是不是說了什麼奇怪的話，怕人家討厭我，忍不住就開始胡思亂想。明明是想了解對方，卻不停擔心自己是不是被討厭。所以你很了不起。因為你能再向前一步，為別人著想。」

「你要有自信」明明是很開朗正面的一句話，她說起來卻有種很彆扭的感覺。原來她是這樣的心情。在對她產生親近感的同時，卻覺得心痛。如果可以，我希望她永遠都在笑，而且如果我能為她做些什麼就好了。

「……咦，我是不是說了什麼奇怪的話？」

她連忙按住嘴巴的樣子好好笑，我趕快跑了過去。

「妳沒有說什麼奇怪的話，我覺得好多了。」

「吼，不要嚇我啦。」她拍拍胸口，為難似地笑了。

「不過太好了。」她拍了拍我的背。

公園離剛剛的路口並沒有很遠。她重新穿上開襟羊毛衫，並在鞦韆上坐了下來。

「你今天先回去吧。你媽媽一定也很擔心你。啊，對對對。」

她從側背包裡拿出一個白色的信封。封口用銀色貼紙貼起來。

「這是什麼？」

「你的照片。喏，上次我說要給你的。」

她心滿意足地伸了一個大大的懶腰。

「我會在這裡等你，要再來哦。我想跟你多聊聊。」

「可是，我要補習。」

「每天？」

「每天。」

「是喔，那怎麼辦呢。」

她雙臂抱胸沉吟起來。沒有什麼辦法嗎？

「……請問，妳還會繼續留在我們這裡嗎？」

「嗯。我都還沒拍照，所以暫時會留在這裡。要是你先告訴我你的時間，我可以配合，有沒有想到什麼時候可以？」

「有。不過，能不能等到下個月初的星期三？」

從今天算起還有三週，這當中還有一次模考和一次期中考。

「好，七月對吧。」

她確認了日期，笑瞇瞇地說好期待喔，並揮著手目送我回家。

「那，下次見！」

我心裡有了不想讓那個笑容失望的想法。

回到家，臉色鐵青的媽媽正等著我，我尷尬地道了歉後就回房間。放心吧，我答應過的就一定會做到。我一邊這樣告訴自己，一邊打開信封。照片上是個表情非常微妙、臭著臉的自己。

這照片根本很爛好不好，我想這樣告訴她。

我忍不住笑了，把照片收進抽屜。

「太好了，你真的來了！」

七月的第一個星期三，我依約去了那個公園，一看到我，她便張開雙手跑過來，連珠炮般問：

「後來怎麼樣？補習班沒關係嗎？媽媽有沒有生氣？」

「放心吧，我媽沒生氣。」

我一心要考到就算補習班蹺課也沒人敢說話的成績，所以非常專心唸書。結果也如我的預期，媽媽就什麼都沒說。

「學校那邊呢？」

「也沒事。大家的感情本來就不差，也重新決定了輪流負責倒水和收水桶的順序。」

頭一次是由提議者的我先收水桶，長野同學他們也贊成，說「輪流比較好」。

「是嗎是嗎，見到你真是太高興了。看你精神不錯，真是太好了。」

她為與我重逢的歡喜而無比開心，這讓我有點內疚，其實問題根本沒有解決。我和媽媽之間的關係依舊沒變，有人忘了輪到收水桶時還是我去收。只是和之前比，呼吸沒有那麼窒息了，手也沒有再發抖。

爬到攀爬架上的她拿起相機，一隻老鷹飛過晴朗的天空。卡喳。

「妳喜歡鳥嗎？」

老鷹的翅膀乘著上昇氣流，飛得更高。看著越來越小的黑點，她自言自語般喃喃地說：

「很嚮往啊。牠們沒有任何束縛。可以隨心所欲，自由自在地飛到牠們喜歡的地方。」

在我眼中，她已經很自由了。不受日常規範的束縛，悠然活在自己的世界裡。如果這樣還不滿足，那麼她所希冀的自由，我實在無法想像。

「要是妳喜歡鳥，有個好地方可以去。」

「好地方？」

「車站南邊的後山，妳知道那裡嗎？」

「嗯，就是形狀像駱駝的那個對吧。」

「妳去過嗎？」

「沒有。」

「每年野鳥都會在那座山頂的神社築巢。建築也很有歷史感，很漂亮。」

「哦，我都不知道。」

她在攀爬架上，朝著那個方向伸長了脖子。黃昏襯托出她的下巴線條和淡粉色的嘴唇。

「謝謝，我下次會去看看的。」

「呃……」

我不是那個意思。

「我是說，要不要現在一起去？」

說完之後我才開始在意，我剛剛的聲音是不是高了八度。

她眨了眨眼睛，輕輕點了一下頭，跳下攀爬架，說聲走吧，便邁開腳步。

風帶著一絲暖熱。刻有圓形止滑圈的陡坡上，沙沙作響的樹木也好、透過樹葉灑落的陽光也好，她那被黃昏照亮的髮絲也好，全都是透明地閃閃發光。

「我們這裡還有很多適合拍照的地方。」

「真的嗎？告訴我告訴我。不愧是在地人。」

從遇見她的那一天起，我都會抬起頭走路，因為我不小心發現的街景，也許有一天能派上用場。

「今天時間不夠，看妳要不要下次再去。」

「嗯，那下次要約什麼時候？」

「下週六的十二點可以嗎？」

「OK，說好囉！」

那我又要努力用功了。小指頭勾住她伸出來的手，勾手指的她溫柔地笑著，又哼起了那首歌。「這首歌有點老了，我猜你可能不知道吧。」她突然以大姐姐的口吻，告訴我那是首電影主題曲。

「應該就在這附近。」

她立刻拿相機對準神社，我就在她旁邊尋找鳥的蹤影。我凝視著枝葉間的縫隙，有個鮮明的影子閃過。有了！頭白白的，肚子以下是鮮豔的紅色，順著背部延伸的黑線和青綠色的翅膀好漂亮。我緊盯著牠不規則的飛行路徑，牠終於回巢了，看來是帶著獵物回去餵嗷嗷待哺的雛鳥。

「有了！」

「咦，在哪在哪？」

她順著我的手指看過去。蹲下來時，她的肩膀碰到了我，我聞到和開襟衫上一樣的味道。

「真的，好棒喔。」

雛鳥一定就快離巢了吧——她對著羽毛長齊了的雛鳥嘆了一口氣。落在背上的陽光很溫暖，我緊張到連自己的心跳聲都聽得見，為了不讓她發現，我裝作若無其事地偷看她的側臉。

我們看了一會兒成鳥忙著照顧雛鳥的畫面後，看時候差不多了便離開神社。西沉的夕陽穿透了雜木林，因為覺得刺眼，她便順手擋住眼前的光線。

「魔幻時刻就要到了。」

「魔幻時刻？」

「就是太陽落下去之後的這段時間。明明沒有影子卻很亮，可以拍到非常奇幻的照片。」

我想起第一次遇見她時，也是這樣的天空。才過了短短一個月，就覺得好像是很久以前的事了。

「對了，那時候，妳為什麼會跟我說話？」

其他吸引人的事應該很多。為什麼偏偏是我呢？她聽了這個問題，答得理所當然：

「因為你那麼無精打采的，當然會擔心呀。」

她整理瀏海的樣子看起來很靦腆。那表情，不禁讓我別開視線。

原來她都看到了。我還以為，我只不過是她無數遇合的其中之一而已。

我壓抑著怦怦亂跳的心，從側面看著她的身影。她的身體包裹著透明的橘色光芒，悠然走在坡道上。但是，思緒卻飛到某個我所不知道的遠方世界，只見她的側臉上長長的睫毛閃動著。好像不抓住她，下一秒就會消失無蹤。

「妳有喜歡的人嗎？」

對我脫口而出的這一問，她瞬間凍結，靜靜地低聲說「喜歡的人啊」。我對這個不置可否的回答沒作聲，她反過來注視我。

「你呢？」

她筆直地望著我，深藍色的眼睛，讓我想起兩人走在一起的那一夜。內心明確湧起的這股感情淹沒了我。

「我……」

我喜歡……

妳——

我還沒說完，就聞到一股甜甜的味道。

她抱住我的肩膀，把臉頰靠了過來。長髮在我眼前搖曳。在完全說不出話，只是呆站著的我耳邊說：

「對不起，我沒辦法喜歡你。」

她往後一退，臉上微微的一笑。「下次見」她只說了這句話，我們就在山腳分開了。

到了約定好的星期六，我在公園等她。我看著手中寫滿景點的紙條，我能為她做的事或許很少。可是，我還是想讓她開心。

她的耳語在我腦海中閃過，我為自己問的幼稚問題感到丟臉。對一個四處旅行的人而言，那種關係只是麻煩的牽絆而已。不過那不重要，我只要能和她說話就好了。我抬頭看時鐘。指針指著十二點十分。

結果，無論我再怎麼等，都沒有人來公園。細細的月亮昇到空中，看來到了非死心不可的時間了。我把紙條塞進口袋站起來，思考她沒有出現的原因。忽然間，我發現草叢裡有微微的亮光，那一閃一閃反射著路燈的亮光吸引了我，讓我踏出腳步。然後，終於看清楚是什麼在發光，我倒抽一口氣。

一個貼了銀色貼紙的白信封，是她留下的。我立刻撿起來拆封，指尖碰到一疊硬硬的紙，下一秒從指縫中滑落，四散地面。

「這些是……」

鳥、晚霞、街景，那裡有我與她共度的那三天看過的景色。最後一張，是我注視著神社樹林的側臉。她在那張照片背後，寫了唯一的一句話。

你就是你。

不會吧。

這樣就結束了？她自己啟程去旅行了。

至少，要親口告訴我。這一句單薄的安慰只是徒增空虛。果然，像我這樣的孩子，對她來說只是無關緊要的存在罷了。

我扶著柵欄，拖著不靈活的腳走上回家的路。

後來我去了公園好幾次，都沒有看到她。

每個人都是自私的，心懷期待是我太傻。

叔叔：

我遇見一個男孩。
他是個很善良的人，才國中卻已經很成熟，帶我到處逛。
我真的很高興。
可是，我卻傷害了他。
我明明決定要遵守對叔叔的約定的。
叔叔一定很失望吧，真的很對不起。

附注：
叔叔現在在想些什麼呢？
從那天起，我走了多遠呢？

千奈美
二〇一〇年七月二十日（星期二）

2017-10-02

據說，這叫作搭便車效應。分組作業時，會想摸魚的那個；和別人一起搬東西時，會想偷懶的那個。又名，社會懈怠。我看著校園內秋日氣息，聽見了有人在討論這麼一個有意思的詞，聽教授說，就連工蟻都跟人一樣會偷懶。

「把砂糖放在蟻穴附近，設定點攝影機觀察螞蟻如何搬運。這是過去很有名的實驗，這次我們要在每個個體上點漆，收集更詳細的數據。」

螞蟻也覺得莫名其妙吧，人類突然給了吃的，結果卻是要觀察牠們有沒有偷懶。最終的實驗結果是，幾乎所有的工作都是由兩成的勤勞工蟻完成的。有趣的是，把偷懶的工蟻都集合起來，一樣是只有其中兩成會做事。教授把他整理好的幻燈片大略說明完時，鐘響了。

「今天就到此為止，下週要交分組作業的進度。」

午休的教室開始吵鬧。正在收拾筆記本時，桌上的手機跳出「社會心理學」的群組通知，環顧四周，這個群組裡來上課的只有我。

〈我剛起床。死定了！〉

〈剛下課〉

2017-10-02

〈有沒有點名？〉

〈沒〉

〈幸好〉

〈……沒有發講義什麼的吧？〉

〈有哦。要嗎？〉

〈要！謝謝〉

〈好啊。那，下週的分組作業報告怎麼辦？〉

雖然顯示好幾個人已讀，手機卻依然不聲不響。我早就料到會這樣，按住發抖的手，把事先準備好的句子發出去。

〈輪流吧？我第一個〉

〈這樣山浦會多報一次〉

〈我可以啊〉

〈好〉

教授根本不用特地拿螞蟻做實驗，這些對話就是最好的樣本。

「你又在當好人了？」

背後傳來一個聲音，一個中長髮的女生從桌邊探出身來，微微內捲的咖啡色頭髮晃動著。

「卡咪。」

「何必故意自己吃虧？大志有被虐傾向？」

打薄的瀏海後面，卡咪露出一雙訝異的圓圓眼睛。她和我不同系，但選修課偶爾會遇到。我在被朋友帶去的社團迎新會上認識她時，大家都叫她卡咪，我也就跟著叫了。

「在那邊推來推去更麻煩不是嗎？」

「是啊是啊，您說得是。大志同學真的是太完美了，好討厭喔。」

「多謝了。」

「先聲明，我可不是在誇獎你。」

她一副受夠我的樣子，邊站起來邊問：「要不要去吃午飯？」「我都可以。」「嗯——那義大利麵好了。」她的高跟鞋鞋跟踩出聲響。

「我們去吃外面的，學校餐廳的培根雞蛋麵都煮太軟。」

我們離開大教室，走在貫穿校園的銀杏道上。下午的風變冷了，吹動了開始變色的樹枝。

「大志，你暑假都在做什麼？」

「一直在補習班打工。」

「要存錢去國外玩？」

「沒有啊。」

「什麼啊，真無聊。」

「那卡咪妳呢？」

「人家我去實習了。」

大三生正是準備求職的時期，所有人為了一升上三年級就要展開的就職活動打好基礎拉好防線，各自為人生立下目標。卡咪對工作的要求，既不是薪水也不是休假的日數，而是自己能不能認同。

「有沒有成就感和環境才重要。我不指望多高的薪水，只要生活還過得去就好，所以一直在找符合期望的企業。」

卡咪有點娃娃臉，打扮也很女孩子氣，但她其實精明能幹又強勢。有好幾個男生被她的外表吸引，最後全被發了好人卡。她本人倒是滿不在乎，表示：「我愛穿什麼衣服跟男生喜不喜歡是兩回事。」卡咪有個已經出社會的男朋友。她在校園裡大多是獨來獨往，大概根本沒把大學生看在眼裡吧。

「不過，也許在大志看來實習也是不必要的。搞不好你都已經拿到錄取通知了。」

「我沒有啊。」

「啊，這樣啊。」

「不過，我也不打算去實習就是了。」

做什麼都可以。我和卡咪基於不同的意義，同樣也是只要生活還過得去，去哪裡工作都好。

「咦，原來完美同學是這種人？」

「我才不完美。」

我邊抗議邊走出校園。我總是會在心裡責怪自己為什麼會在這裡，所以走進學校是很痛苦的一件事。要是當初大學有考好，是不是就不會這麼想？

高中畢業前的那段時期，我的成績一直無法再進步，所以第一志願落榜我並不驚訝。榜單上沒有自己的號碼時，我也意外地沒什麼感覺，有氣無力的我當場就決定去上用來墊底的私立大學。

我拒絕了媽媽提議的重考。其實沒考好我也很懊惱，但比起懊惱，我覺得很多事都是時候該結束了。媽媽垂頭喪氣地說「反正是你的人生」，我也無話可說，拒絕了家裡給的生活費逃也似地來到東京。接下來的兩年半，我從來沒回家過。

進了附近的咖啡店，被帶到藤蔓攀爬的靠窗座位。卡咪點了瑪格莉特披薩午間套餐，我吐她槽說妳不是想吃義大利麵嗎，她說聲「對喔」按住了嘴。

「我又來了。本來有功課想問你的，現在好了！我終於被你當成笨蛋了。」

「我沒有——」

我知道啦。她打斷我，抓抓臉頰說你這人真的很正經欸。

「我知道大志不會說這種話。你總是對四周觀察入微，麻煩事也不會裝作沒看到。我覺得你真的很了不起。」

以前也有人對我說過類似的話，苦澀的記憶復甦了。夜晚的河畔，那個人的聲音。

卡咪繼續說下去：「不過，有時候會不知道你在想什麼，你有時候會露出一臉『空』的表情。」

關於這點，其實我是有自覺的，對我來說，一切不過是不抱期待而已。這樣就不必努力回應，也不必對別人失望。

「啊，不過啊，」

卡咪豎起指頭，「剛提到就職的事我就覺得了，大志對自己的事其實很隨便，就像你很常說都可以。你沒有喜歡的事嗎？」

被這樣問，我一時還真想不出來，邊想邊往旁邊靠就壓到了藤蔓。看我急著閃身，卡咪把臉湊近窗戶。

「這個是假的。」

用指甲彈彈下垂的葉子，葉子發出塑膠的聲音，仔細一看，其他植物好像也是假的。不用澆水也不會枯，為生活帶來色彩的方便點綴。對別人而言，我也是這樣嗎？

「啊，來了來了。」

卡咪對冒著熱氣的瑪格莉特披薩和肉醬義大利麵高興地搓著手。我則略感興趣地問她：

「吶，卡咪，這只是個假設喔。」

「嗯？」

在事隔許久之後，我想談談那個人，雖然沒什麼意義。

我覺得自己個性好差，這麼做只是想否定那個人而已。

「有個平常對妳很好的朋友，有一天突然失約，再也不跟妳聯絡的話，妳會討厭他嗎？」

「你在說誰？男生？女生？」
「那，假設是女生好了。」
「說正經的嗎？」
「嗯。」
「這個嘛。」
她把塔巴斯科辣椒醬放在桌上，說聲「這樣喔」皺起眉頭。
「灰色，吧。」
「灰色？」
「對。因為我又不知道她是不是發生了什麼狀況。舉家躲債連夜搬走啦，或是突然生病住院啦，這也不是完全不可能。不過，這種事也不可能一天到晚發生啦，所以是極近黑色的灰。」
卡咪一口氣說完之後大嚼披薩，她的回答卻讓我停下了捲麵的叉子。
的確，或許事情也能這麼看。回頭想想，夜裡跟我走在一起的那個人，和最後分開的那個人，我也覺得好像判若兩人。搞不好這當中發生過什麼我不知道的事。

——你就是你。

我想起寫在照片背後的那句話。要是能夠再見一面，我應該就能弄清楚很多事，好比關於她的一切，我或許就能抓到某些確實的東西。不然就會像現在這樣，全都不上不下的。

「怎麼了？不好吃嗎？」

「不會啊，超級無敵好吃的。」

「什麼啊。」

我對忍不住噗嗤一笑的卡咪報以微笑，接著在嘴裡塞滿義大利麵。

但是要回頭已經太遲了，畢竟那已經是七年前的事了，那個人現在在哪裡做些什麼，事到如今已不得而知。更何況，現在也由不得我談那種不切實際的事，因為我有就職這個更現實的問題要面對。

吃完甜點走出餐廳後，卡咪一直嚷嚷著好飽，一臉心滿意足的表情。

我問起她實習的感想。「大志果然很正經。」她先這樣取笑我，然後詳細告訴我有哪些學生去、哪一家企業比較好。

當天晚上系上有聚餐，難得喝太多的我，在續到第三攤時，倒在卡拉ＯＫ包廂的沙發一角等酒醒。我打開入學時為了幫同學作人情而登錄的照片網站，有從世界各地ＰＯ網的無數照片，從鬆餅到世界遺產都有，毫無秩序地布滿了整個手機畫面。

我不經意地看起那一小扇色彩鮮豔會發亮的窗，被其中一張異質的照片吸引，停下了滑動的手。我以為是整片橘色的照片，原來拍的是鳥。有如化開的黑點般的剪影，朝燃燒的夕陽飛去。我一滑，那個帳號上傳的全是鳥的照片，沒有任何說明，也沒有人追蹤，但仍舊淡然地，每隔一週就持續更新。

我一定是酒還沒醒。回過神時，我已經用不穩的指尖，東倒西歪地打了一串文字。

〈拍得真好。〉

發出去之後我忽然冷靜下來了。啊！我在幹麼，不應該發的。但是，我很快就覺得無所謂，就把手機的電源關了。這種留言，沒有人會在意的。啊啊，我的眼皮好重。我聽著耳邊有人忘情地熱唱著，便靜靜地進入夢鄉。

後來過了一個禮拜。我起床準備去學校時，發現手機裡有陌生的通知，是那個帳號的回覆。

〈謝謝。你這麼說真叫人高興。〉

side. 後藤文香

2013-10-04

秋日陽光輕柔，教室裡卻是一片混沌，人頭與眼珠遍地的血腥場面中，悲鳴吼叫此起彼落。我們二年六組正為了文化祭忙著做鬼屋。

「後藤，有沒有多的血漿？」

「置物櫃那裡的是最後的了。要用的話，請讓顯眼的地方優先。」

「後藤，倉庫已經沒有紙箱了。」

「校舍後面應該還有剩的，趕快去搶。趁別班拿走之前能拿多少就拿多少。大家還需要什麼就寫在黑板上！我明天去買。」

我一邊交代事情一邊來到走廊，和開完委員會回來的潤遇個正著。

「喔，文香。他們准我們用理科室的人體模型了。」

「真的？太好了。我們這邊血漿不夠了。」

「真假？上次明明買了很多啊。是不是太浪費了？」

我們兩個被拱出來的文化祭執行委員出乎意料地忙，從籌措資材到管理預算，其中瑣碎的雜事說也說不完。

「只剩兩週了，好好努力吧。效果一定很好。」

「是啊。」

潤擦掉額上的汗，笑出了眼角皺紋，他的表情真耀眼，讓我不禁別過眼神。忽然，教室那邊好吵，探頭一看，原來有人送吃的來了，大家都聚了過去。一看到當中那個提著超市袋子的背影，潤就立刻轉身離開。

「喔，千奈美。妳今天能來啊。」

「嗯。對不起，平常都沒辦法幫忙。」

「不能怪妳呀。啊，我可以吃巧克力嗎？」

「都可以吃啊，我買了很多。啊，後藤同學！後藤同學要不要吃點東西？」

她朝我揮手。我內心一陣刺痛。

為什麼？只要沒有她，今年的文化祭應該是最棒的一次才對。

她是六月轉學來的。

「我叫伊藤千奈美。請多多指教。」

行了一禮之後露出純真笑容的她，兼具美麗與親和力。及肩的淺色頭髮和一雙藍色大眼有種特別的存在感，讓我不由自主看呆了。連女生都這樣了，班上的男生對她感興趣也是再自然也不過的事。

「千奈美為什麼總是拿著相機？」

「這是我的興趣。在學校裡也想拍照。」

「妳常搬家嗎？」

「嗯。所以可能不能待很久。啊，對不起。等一下再聊哦！」

她突然離席，一手拿著相機就離開教室。她總是這樣。大家對她這麼關心，但自由奔放的當事人顯然毫不在意。

「千奈美真是個不可思議的女生。」

優子一邊縫著白壽衣一邊這麼說。隆停住正在捏黏土的手，說聲「就是啊」就往牆上一靠。優子和隆，是我升上高二才交到的朋友，一個是時尚雜誌的女高中生模特兒，一個是學年數一數二的高材生。不知為何和水準這麼高的兩個人合得來的我，進了一個感覺有點走錯棚的團體。

「長得那麼漂亮就什麼都不在乎了吧。她比我認識的人都漂亮多了。」

「也很聰明。上次我還問她數學呢。」

即使是班級的中心人物，對她也是這樣另眼相看。明明一天到晚遲到，但成績好果然就是免死金牌，老師們也不怎麼生氣。真的可以容許一個人這麼為所欲為嗎？——正常我為這個生悶氣的時候，在別班開完會的潤回到教室。他確定完通路要用的黑牆進度後，看到千奈美在教室一角裁紙箱就坐在她旁邊。優子看到他這個樣子，忍不住露出苦笑。

「話說回來，潤那傢伙真的很好懂。」

「班上沒發現的，大概就只有千奈美了吧。」

潤默默做起自己的部分，可是，時不時偷瞄旁邊的她，誰都看得出他喜歡千奈美。

「不過，我們還是擔心自己吧。營火要和誰跳呢？」

「優子在校外有男朋友，怎樣都沒差吧。」

「所以才麻煩呀。隆，還是乾脆你跟我跳吧？」

「一點都不吸引人。」

「你這傢伙。」

在為期三天的文化祭最後，全校學生會在操場集合圍住營火跳舞。本來只是一般的土風舞，不知何時變成想跳什麼都可以，邀請喜歡的人湊對成為學校的傳統。

「文香有想找哪個男生嗎？」

優子不懷好意地笑著問。「沒有啊」聽到我撒的謊，她遺憾地噘起嘴，亂甩縫好的戲服袖口。

「是喔。要是有的話我本來想幫妳加油的。」

那是不可能的。我報以不置可否的笑容。

因為，我喜歡的是潤。

「只剩一個禮拜了，我好緊張喔。我們現在要的是封箱膠帶、二十張圖畫紙還有……」

潤嘴裡唸唸有辭，同時在記事本上振筆疾書。放學後我們在連鎖家庭餐廳，為最後的衝刺整理現狀。

「不過，時間很緊湊啊。要連到視聽教室會不會還是太勉強了？要是真的能完成就好了。」

「可以的。而且明天起社團活動就暫停了。」

「也對。不好意思，之前常常因為練習而缺席。」

「不會的，別介意。反正我時間很多。」

潤長得很帥，那雙細長的單眼皮就不用說了，但我更喜歡他對什麼事都認真投入的態度，而且他還是明年的籃球社社長。

「文香，要喝什麼？」

潤拿著空杯站了起來。「啊，那，薑汁汽水。」我遞出杯子的手碰到了他的手，不禁縮回來，幸好他好像沒注意，看著他走向飲料吧的背影，我按住雙頰告訴自己。

要趕快習慣才行。最近兩個人單獨見面的機會是增加了，但那是為了要辦好文化祭，絕對不能被他發現。潤雙手拿著果汁走回來，看著日落後的街景，低聲說「最近好冷啊」的側臉，果然是我的菜啊。

「……千奈美有喜歡的人嗎？」

潤忽然吐出這句話，我內心的戀愛情愫像汽水泡泡般一個個破滅。

「為什麼問我？」

「因為文香和千奈美很要好不是嗎？」

千奈美明明和班上同學都不親近，不知為什麼她卻老愛找我。因為大家都喜歡她變得我也不能不理她，這點讓我很討厭千奈美。

「……好像沒有。」

我盡可能以消沉的聲音回答。但潤像是自言自語般說了聲「是嗎」，咀嚼著我說的那句話。

「我想在營火晚會的時候向千奈美告白。」

雖然我早有預感，但聽他親口說出來還是很難過。為什麼我就不行？可是，我已經預想到要是讓他知道了我的心意，很多事都會變得很尷尬，大家一起努力了這麼久，我不願意在最後的最後製造彼此的困擾。我嚥下即將潰堤的酸楚，以不痛不癢的「這樣啊」回應。

先不管我的心情如何，教室越來越有鬼屋的樣子了。優子化了特殊化妝後，變身為可愛的女鬼，隆做的人頭也幾可亂真。其中最引人注目的是預備掛在出口天花板的妖怪，美術社做的紙糊模型真不是蓋的，已經超越恐怖，簡直是酷斃了。雖然覺得有點偏離嚇人的宗旨，但既然大家都很開心，這樣就夠了。一個正在貼宣紙的女生轉過頭來，很抱歉地雙手合十。

「後藤，我們錢還有剩嗎？材料有點不夠。」

信封裡還剩下一些預算。其他組的材料似乎都很充分，把剩下的錢全部用掉應該不會有問題。

「那，我去買。要宣紙和竹籤是嗎？」

「還有錢的話，也想要油漆。」

這樣的話，一個人搬可能有點吃力。我出聲問有沒有人可以一起去，千奈美用力舉手。

「我，我都做完了，可以去幫忙搬東西。」

「……嗯。那妳跟我來。」

我快步走出教室，免得讓人看到我的臭臉。

在文具店買了竹籤和宣紙，再去五金材料行買了紅色和黑色的油漆。走出店裡的時候，太陽已經西下，風也變涼了。

「後藤同學，我是來幫忙提東西的，重的給我拿吧。」

「不用了。」

我拒絕了她，並快步往前走。千奈美雙手抓著東西少到會沙沙作響的袋子，有點尷尬地跟過來。

「鬼屋，感覺很棒呢。」

「是啊。」

「後藤同學真的好能幹喔，動作總是很迅速俐落，大家都好信賴妳。」

「謝謝。」

「再三天就文化祭了呢。這是我第一次參加，我好期待。」

「我說妳呀，既然這樣，就多來幫忙準備啊。」

我小小酸了她一下。千奈美看起來又不忙，卻很少參與準備工作。

「對不起，我有事。」

「在街上拍照叫有事？」

我曾經在採買回學校的路上，看到千奈美在神社拍照。大家都是在社團活動和補習之間抽空幫忙，她卻四處遊手好閒，要閒晃隨時都可以，可是文化祭是不等人的。

「妳說得對。可是，拍照對我來說很重要……」

那種求取同情的吞吞吐吐讓我很不耐煩。我才剛開口說「為什麼妳這種，」後面那句「任性的人，潤和其他同學都能接受？」還沒說完的話，就被她唐突的提問打斷了。

「……後藤同學喜歡潤同學嗎？」

我狠狠地瞪著她，免得她發現我呼吸停頓了。

「為什麼這麼說？」

「難道不是嗎？」

「不是。」

「可是……」

「妳沒跟別人說過吧？」

「所以，我說中了？」

「都跟妳說不是了。」

「可是，後藤同學常常看著潤同學。」

「我沒有。」

「沒有嗎？」

「我都說我沒有了！」

我不禁大叫起來。

「妳為什麼要讓我這麼煩？不要煩我行不行？潤喜歡的是千奈美。不要逼我說出來！」

我百般厭惡地對她嚇得僵住的表情這樣罵。

「拜託妳想一想好不好！真的很煩。」

她哀傷地笑了，然後向我鞠了一躬說不用擔心。

「對不起，一直讓妳不開心，等學園祭結束我就會轉學了，不會再煩後藤同學的。有我這種人在，真的很對不起。」

大家都為千奈美即將轉學感到難過。我們要留下最後的回憶——一股新的團結意識把全班緊緊連在一起，不知不覺鬼屋的完成有了新的意義。

「好神喔。」

隆環視教室後喃喃地說。教室裡，每個人都全神貫注地繼續做自己負責的工作，優子一邊進行手上的作業一邊說「好青春的感覺」。大家一起豎起黑牆，掛起燈籠，擺上裝飾再關上窗，站在電燈開關前的潤大聲說：

「要關燈了哦！」

燈一關，便是一陣歡呼。

就文化祭的節目來說，完成度可說是完美。不管是小道具的逼真程度也好，還是氣氛也好，都無懈可擊。大概是預期到明天正式亮相會很成功吧，大家彼此互相誇獎成果。可是，為什麼呢？明明都完成了，我卻有種抽離感。

有人提議說時間還早現在就去慶功，每個人都紛紛贊成，便迅速展開收拾的工作。我看到潤一邊關窗一邊問她。

「現在的話，千奈美能來嗎？」

「嗯，我很想去。」

「太好了！以後妳就不在了，趁現在大家一起多聊聊！」

大家鬧哄哄地離開教室。潤停下腳步，回頭問：「文香也會去吧？」看他那開心的笑臉，就知道他有多喜歡千奈美。

「抱歉，我晚點再過去。我自己的東西還沒收完。」

「那個明天再收就好了。一起去嘛。」

「不了，我收好再去。」

「那我幫妳。」

「不用不用，你先去吧。兩個執行委員都不在，大家會嗨不起來。」

潤點點頭，叮嚀我收完了要馬上過來才走。在只剩我一個人的黑暗中，將廢材料塞進垃圾袋，收集著四散的殘骸，我的眼淚沿著臉頰流了下來。

我到底想怎樣？

一味地努力壓抑自己，結果卻只有痛苦。既不能和大家一起打從心裡開心，與潤的距離也沒有縮短。這麼努力卻一點回報都沒有，那對我而言，這次的文化祭到底有什麼意義？

我用力把木片往地上一丟。木片彈起來撞到牆，我聽到有東西掉了下來。背後咕喳一聲，響起不祥的聲音。

「啊……」

裝飾在出口的紙糊妖怪掉下來了。木片擊中鼻子後落地，幾乎毀了半張臉，慘不忍睹。這可是大家的自信之作啊！

「後藤同學？」

忽然我聽到有人說話，一個人影站在門口，頭髮是淺色的。

「千奈美妳怎麼會……」

「我有東西忘了拿。……咦？」

她發現砸爛的紙糊妖怪，一臉啞然地走過來。

「那個……」

「別說了，妳不要過來。」

「可是。」

千奈美以唱反調的眼神看著擋住去路的我。現在是怎樣？不要只會在這時偽裝正義好不好。

「……都是妳害的。」

沒錯。

「要是沒有妳，一切都會很順利。鬼屋也好潤也好，我明明都盡了全力，卻因為妳的自以為是，害我不得不忍耐。」

我用力將垃圾袋朝千奈美丟過去。油漆罐發出悶響，她按住肩膀。我抓住她的胸口，用力把她推到牆上。

「看著妳，我就覺得自己好傻。我為大家這麼努力，大家卻只想著千奈美。越努力越被當空氣的痛苦妳懂嗎？只要妳在旁邊，我就覺得我快瘋了！」

一直重視大家的，是我；一直喜歡潤的，是我。可是，為什麼人人都喜歡千奈美？

「妳就這樣，一輩子踐踏別人的心吧！」

我抓起書包離開教室。無論怎麼擦，眼淚都止不住。

一直埋在心裡的感情也好，大家的努力也好，一瞬間就被我破壞了。已經完了。

文化祭、我、一切的一切，都完了。

我一夜無眠直到早晨。雖然也想過乾脆請假好了，但老師來做文化祭的最後檢查時我必須在才行。我拖著沉重的腳步走進校門，忐忑不安地爬上樓梯，教室前面聚著一群人。

「啊，文香來了。」

優子看著我。我裹足不前。她一臉正經地跑過來，話說得很快：

「快來，沒時間了！」

我被她拉著進了教室，已經到校的同學拆掉了部分通道，把騰出來的空間拿來重做紙偶的臉。

「千奈美一大早就在做了。她說她不小心撞到弄壞了。」

「可能是天花板的釘子釘得不夠牢。要是有仔細檢查就好了。」

隆拿著一桶漿糊回來，趴在地上的千奈美神情專注地把報紙黏到紙偶的雛型上。

千奈美弄壞的？

「我借到吹風機了！」

潤大喊著。一邊插電一邊向男生發號令，並站到我旁邊。

「文香也來幫忙。分成三部分同時做，最後再黏起來。」

「來不及的。」

「可是總比不做好。文香都已經帶著大家到這一步了，不到最後沒有人願意放棄。」

潤環視大家後這麼說。我實在無地自容，轉身就往走廊跑。

「文香？」

「我去拜託老師讓我們班最後一個檢查。一定來得及的，所以大家繼續做！」

自己一個人做了傻事之後才總算發現。

全力以赴吧。

相信大家，盡我所能地全力以赴。

雖然沒有完全復原，但紙偶的修復奇蹟似地趕上了。幸好通道很暗，不仔細看看不出接縫。鬼屋盛況空前，排隊入場的人龍從來沒停過，讓我們沒有時間休息。但我還是在空檔去了別的教室，看隆的樂隊演奏，和優子去聽漫才大笑，不知不覺三天轉眼就過了。

結束的鈴聲令人惆悵。我們在天下沒有不散的筵席感傷中，紛紛前往操場。這是文化祭的高潮。太鼓聲響，一個男生高舉火把走到營火的柴堆前。在大喝一聲的同時將火把插進柴堆，夜幕低垂的空中揚起火星。

「終於開始了。」

活潑的音樂與隆的聲音同時響起，我們緩緩地在那團巨大的火焰四周圍繞。一組又一組地形成雙人配對。

「喏，你們看那邊。」

我往優子指的方向看過去，是被火光照亮的潤和千奈美。同學們注意到對望的兩人，紛紛停下來。繞了半圈從後方趕上的我們，站在隊伍的邊邊等著看結局。

「呃……」

潤緊張地潤潤嘴唇。

「我喜歡千奈美。我知道我們就要分隔兩地了，但如果可以，妳願意和我交往嗎？」

潤猛然伸出手，男生們大聲起鬨，女生們也興奮地互相對望。千奈美注視著他，只眨了一下眼，然後靜靜地鞠個躬。

「謝謝。不過，對不起。我有崇拜的人了。」

她說完就開始跑，毫不遲疑地朝我這邊跑來，在錯身的時候拉住我的手。

咦？

留下錯愕的大家，我們從成雙成對的同學縫隙中穿過去，跑進了釋放著融化一切般的熱能的圓的中心地帶，她笑了。

「一起跳舞吧！我一直好想像這樣跟妳聊天。」

臉頰感受著火焰的跳動，我被千奈美拉著跳起了舞步。

激動的情緒勝過了難為情。

「千奈美為什麼要替我背黑鍋？」對於這個疑問，她略加思索後才回答。

「……因為除了這個，我想不出我還能為妳做什麼了。」

千奈美望著火的側臉和平常不同，帶著陰影。

「很多事情是因為我這種個性害的，所以當然應該由我來頂罪。」

「哪有這樣的。」

「後藤同學能夠把自己擺在後面，是因為妳很重視潤和其他人。我覺得能夠這麼坦率地喜歡別人的後藤同學，有得到回報的權利。」

她的話太直白，讓我很困窘。

「是千奈美太純真了。」

但是就是她的表裡如一吸引人吧，她隨時都能很正面地面對一切，堅強得足以貫徹自我。她的手指勾住我的手，緩緩地搖頭。

「沒那回事。我好想像後藤同學這樣。」

「我才羨慕千奈美呢。」

她說：「因為，我好想像後藤同學這樣，守護比自己更重要的東西。」

我說：「因為，我好想像千奈美這樣，為自己而活。那我就更能抬頭挺胸了。」

這並不代表我認同她，但我很羨慕她的生活方式。我沒有辦法變成千奈美，但是我想用我自己的方式追上她、超越她。

「文化祭要結束了呢。」

千奈美仰望夜空。

我們懷著自卑與只屬於我們倆的祕密，繼續跳著舞。

彷彿什麼事都沒發生過般，只是一臉滿足。

叔叔：

我很好奇千千一直想過的學生生活，忍不住就久留了。

我現在知道要攜手同行有多難了。那裡，終究不是我該待的地方。

有時候為了保護重要的事物，必須說謊。我想，並不是只有誠實才叫溫柔，我好像有點明白叔叔之前說的話了。

真希望那天我也說了謊。

我想我對他說的話，不過是自我滿足罷了。

千奈美

二〇一三年十月二十九日（星期二）

檢查用應用程式啟動。

輸入裝置正常。

傳送測式中……

正常。

資料記錄器啟動。

運作正常。

請開始取樣。

side. 武田佑太郎

2015-12-15

今天是過了中午才出門，坐上了百合海鷗號，因為我想去看海。大概是因為呼吸外面空氣的機會變少了，對季節的感覺變得遲鈍了，只穿一件外套覺得有些涼。

離開公司，成為自由工作者已經兩個月了。有工作，同時有了自由時間，生活反而更從容了。我再一次發現，如果只需要描繪自己的未來，原來日子可以如此輕鬆愉快。

望著下雪的東京灣，我想著梶谷的事。梶谷曾是我的死黨，不知不覺間又成為事業夥伴，不知道他在沒有我的辦公室裡會想些什麼。玻璃窗因呼氣而起霧。以前我對他的思考瞭若指掌，現在連想像都無法想像了。

我們一起創業吧。在我大三那年的冬天，梶谷忽然跑到我家來說了像漫畫台詞的話。我眼睛仍盯著年底特別節目就隨口回了他：

「你去撞到頭了啊？」

「才不是咧。幹，別人在說正經的，你才撞到頭。」

「既然要說正經的，就要說得正經一點啊。」

他擅自把冰箱裡的牛奶喝光，鑽進暖桌裡，翻起桌上的漫畫，那樣子讓我忍不住開口問：

「那，你想開什麼公司？」

「網路應用程式。」

「你是說真的？」

「當然。」

他雙眼發亮，指著我。

「你寫程式是天才級的，而我會設計，所以一定會成功啊。各方面都很平均的人，最後只能當一個平凡的上班族。」

的確，梶谷的網頁設計厲害到讓人懷疑他為什麼不進藝大。程式技術雖然不如我，但他有的是品味和創造力。要是我們一起做些什麼，應該很有意思——我有這個預感。可是……

「那就職活動呢？」

「我怎麼可能會去啊，都要開公司了。」

「……我已經找好了。」

我拿到了外商公司程式設計師的預先錄取通知。「你這傢伙果然厲害。」

他就這樣誇了我一陣之後，語氣轉為嚴肅並皺起眉頭：

「不能回絕嗎？」

「我不想眼睜睜浪費這個機會。」

「也是啦，而且應該會是很不錯的經驗。」

他倒在地上呈一個大字形，閉上眼睛。就在我以為他就這樣睡著時，他在旁邊小小聲地說：「那，你肯等我嗎？」

「……啊？」

「我自己去開公司。然後，再去把你挖角過來。要是你願意來，到時候再辭職。」

「也好，對我沒有壞處。」

「你真的很冷靜耶。」

梶谷哈哈笑著翻了個身。「就這麼說定了」的聲音從背後傳過來。

我信步走在無人的堤防上。海鷗以白茫茫的彩虹橋為背景，在空中飛舞著。我上班第三年的某一天，梶谷把我叫到辦公室，我馬上就明白他要說什麼。薪水很低，工作人員也都是經驗還淺的新手，和我現在的職場相比環境實在不算好。但看到他發亮的雙眼，我立刻就說「我會去把工作辭掉」。

與其過著可預見的每一天，我寧願和梶谷一起摸索新的路。那一天的我，只是單純地這麼想。

我坐在長椅上，望著帶有灰色調的海浪。認識梶谷十四年，一起工作七年，一直持續到三十二歲的關係，竟這麼輕易就落幕了。

「請問，要不要來杯咖啡？」

有人說話了，眼前突然出現了一個紙杯，抬頭一看，是個拎著相機的少女。她的另一隻手上，拿的是不畏低溫的奶昔。

「店員把做錯的也送我了，所以我想送給第一個遇到的人。」

「……不好意思，不用了。」

「請收下我的好意吧，因為你看起來很冷。」

她不滿地堅持，忽然啊了一聲，笑了。

「你該不會是覺得我很可疑？還是我先喝一口？」

「好，我喝就是了。」

我喝了一口，黑咖啡的苦味瞬間在嘴中擴散。一副理所當然就在我旁邊坐下的那個少女，說她叫千奈美，一個人旅行有點寂寞。從她開朗的聲音聽起來，大概十多歲，頂多也就只是大學生吧。對了，除了工作以外，我好久沒有跟人交談了。

「武田先生從事什麼工作？」

「我是寫程式的。現在是自己接案，寫應用程式和網站的程式。」

我一舉出具體的網站，她便睜大了眼睛。

「好厲害，連我都知道。」

「不過有一半要歸功於以前的夥伴就是了。」

不知是不是「以前的」這個說法讓她誤會了什麼，只見她尷尬地低聲說「對不起」。我輕聲笑了。「不是那樣的。只是大家方向不同而已，人生在世就會常遇到。」

我和梶谷把辦公桌併在一起，天馬行空地做了很多應用程式。在長達好幾年的試誤，以及歷經了數度成功和失敗之後，我們以萬全之姿完成了一款應用程式，那是一款叫作「PHOTOMENO」的照片分享網站。

這款應用程式被暱稱為「PHONO」，以年輕人為主在社會大眾間傳播開來。一度擴散的浪潮沒有減弱，漸漸地國外使用者也增加了。只要繼續努力，PHONO 一定會成為世界級的平台。

事情就在我這樣想時發生了。四個月前，有人提案想收購我們公司。對方是國內最大的ＩＴ公司，提出買下 PHONO 的經營權，並希望我們協助內部品牌型塑。

我們立刻前往該公司總部，在長達數小時的協商中，我覺得滿有機會的。

對方的報價比預期多一個零，還有很多優秀的工作人員。有了這些就無所不能了，正當我在計程車裡為將來的遠景興奮不已時，他卻遺憾地嘆了一口氣。

「這件事，應該不會成。」

原因是，對方提出的條件之一是汰換員工，也就是說，要求開除沒有能力的人。我認為這是必要之惡，但梶谷卻認為無法割捨而拒絕。

「他們支持公司到今天。一成功就翻臉不認人，未免太過分。」

「可是，和對方合作更能有所作為，而且只要開發資金充裕，就不用再多擔心網站營運了。他們的提案也給我們很大的空間，不是嗎？」

「是沒錯啦……」

梶谷用中指搓眉毛，這是他猶豫時的老毛病。

接下來的兩個月也談判了好幾次，在裁員方面始終得不到正面回覆，結果，收購的事也開始出現阻礙，我忍不住在會議室裡質問梶谷。

「喂，應該要把事情做個了斷了吧，其實你心裡也很清楚該怎麼做啊！」

因 PHONO 的上架，辦公室區域拓展為一整層樓，對此我很驕傲。但是，我也切身感受到，若一直待在這個環境，成長也到頂了。而收購計畫就是打破天花板的大好機會。

「你不是說要讓世界驚訝嗎？那就要選擇改變，而不是維持現狀。你到底在猶豫什麼？」

「……那你去說『因為你能力不夠，今天就請你走』啊，不要只會叫別人扮黑臉。」

「好啊，我去說。我是因為和你在一起可以做出新的東西才辭職的，我才不關心那些沒意思的人。」

「你說什麼？」

「之前你就是這樣煽動我的。」

梶谷無言以對，握緊拳頭，最後擠出一句「這是我的公司」。

「大學的時候，你就不肯跟來，是我一個人努力了三年。所以你沒有資格抱怨。」

這幾句話很重。憤怒急遽消退，取而代之的是空虛。我發現這些年，在我們之間形成了一道打不破的牆。

「是嗎?那我走就是了。」

他別過視線，靜靜地說了聲「好」。

當然，我沒有對一個初識的少女說這麼多，但她還是察覺了幾分，說聲這樣啊，就把臉埋進圍巾裡。我們呆呆地看著觀光船來回好幾趟，就在喝完咖啡時彼此道別了。

就此，她就被我塞到記憶的遠方。所以，當她打我工作用的手機向我說新年快樂時，我還以為是打錯的電話。

「哎喲，你怎麼忘記了。我還請你喝過咖啡啊。」

手機另一頭傳出開玩笑的聲音。號碼是她從名片上看來的，她說如果有空，想找我去一個地方。我說沒心情不願意去，結果她用一杯咖啡的人情逼我答應。

我們約在動物園。我問一手拿著傳單走在園裡的她為什麼要來這裡，她笑著說想看看冬天的動物。她把臉湊近遊客稀少的圍欄，對每一隻動物全力歡笑。那天真無邪的樣子，讓我想起往日的梶谷。

共事了三年的同事，對我的辭職都感到納悶。

「好突然喔。為什麼呢？你在工作上也不像有什麼不滿啊？」

「是沒有啊。所有的程式設計師都很優秀，工作也很開心。」

「好可惜喔，你本來是在升遷特快車上耶。」

「唉，那不重要啦。」

又不是自行創業，卻特地換到一家無名的應用程式公司，在同事眼中，我大概是個怪人吧。然而，這些都是小事。我是基於自己的意願，選擇了實踐我和他的約定。

「老實說，我以為你對我已經不感興趣了。」

辭職那天深夜，我們一起把新辦公桌搬進辦公室時，梶谷這樣低聲說。

「難道不是嗎？一流企業的程式部門負責人，和一家小公司的代表。坦白說，你來這裡對你一點好處都沒有。」

「什麼事都是從零開始的啊。」

我是打從心底尊敬以行動來表達意志的梶谷。或許與在大公司裡遇見的同年代的新銳相比，梶谷算不上天才，但是我喜歡他的設計，也羨慕因為他的努力帶來的人望。既然知道了他有著背負著別人人生的覺悟和對工作的熱情，卻依舊苦苦掙扎而無法突破，我就必須遵守約定幫助他。

「梶谷比我厲害多了。」

將來你應該要站在更閃耀的地方。

而我在這，是為了看見那一刻。

「……是嗎。」

梶谷別過頭，望著窗外吸了吸鼻子。

「接下來我們去咖啡廳吧。」

我被她帶去吃蛋糕、看電影。她踏著雀躍的腳步向前走，並隨口問了句：

「新工作順利嗎？」

「還好，做的事都差不多。」

多半是大公司時代的客戶來的案子，省下照顧部下的時間心力，進度很快。日子沒有什麼改變。只是，變成一個人而已。

「我也請你做個網站好了。」

「很貴哦。」

「咦咦！」

她驚訝得很誇張。她今天會找我出來，而且情緒特別高昂，都是為了幫我打氣吧。我朝著她舉起相機瞄準整排櫻花樹的背影問：

「妳為什麼一直拍照？」

「這個嘛，為什麼呢？」

響亮的快門聲響起。

「從我身上拿走了相機，我就什麼都沒有了。我覺得只有透過觀景窗看東西的時候，自己才有用。整個人會渾然忘我，從各方面來說都是。」

「……是嗎？」

「武田先生為什麼一直做那份工作呢？」

「這個嘛，為什麼呢？」

如果只是為了生活，應該做什麼都可以才對。

我也緩緩舉起手機，將鏡頭朝向還很硬的花苞。

「你在做什麼？」

「只是用 PHONO 照相而已。」

「那是什麼？」

我讓好奇不已的她看了應用程式。看到以濾鏡校色後色調柔和的櫻花樹，她「哇啊」地驚呼。我告訴她這是可以分享照片的軟體，她便下載了程式，開始申請自己的帳號。技術中樞部分幾乎都是我負責的，現在我不在了，PHONO 怎麼樣了呢？我在複雜的情緒中看著她操作介面。

「等等。那個ＩＤ是公開的，所以最好不要用本名。」

「咦？」

「給我。」

我刪除了她打好的文字，在另一欄重新輸了名字。我記得她的全名是伊藤千奈美。

我點著螢幕，就在我快輸入好她名字時，她突然抓住我的手。

「不好意思，請重輸一次。」

「嗯？我把妳的名字打錯了？」

「不是的，不過拜託，只要千奈美就好。」

在她莫名正經的聲音催促下，我再度滑起液晶螢幕。

TI，千。

NA，奈。

MI，美。

她突然啊啊啊的大叫，蹲在地上。像神經失常般甩著頭，弄亂頭髮。

「怎麼了？」

「……對不起，沒事。」

她抱著膝蓋低聲呻吟，然後揉揉眼睛抬起頭。那表情，彷彿剛才那陣激動不曾發生過般，已經恢復成平常的樣子了。

我們漫無目的地走在下雪的街上。車站前的露天市場人多得只要稍不留神就會撞到人，我們卻覺得好像只有我們兩個人。

「我以前都一直為自己而活。」

她以壓抑的語氣低聲說著。或許這才是她真正的樣子，那自嘲的語氣莫名適合她。

「我一直拍照，是因為我以為這場旅行遲早會有答案。我一直這麼相信著，可是今天卻發現一切都是白費。」

「……妳不是說，只要有照片就夠了嗎？」

「不是的。」

她的聲音低下來。

「那不是說只要能拍就好的意思，要透過相機和人產生聯繫，照片才有價值。要是被拍的人的笑容不是真的，那結果也只是我一個人自我感覺良好罷了。」

一臉苦澀的她不知有多麼孤獨。她發出有如求救般的聲音：

「武田先生，你一個人獨立之後想了些什麼？」

我為什麼要工作？

我也可以像在公司上班時那樣，當一個普通上班族過完這一輩子。就平凡地過日子、賺錢、偶爾休假，最終死去。

如果沒有梶谷，我就是個一般的程式設計師。

「……我大概，是想被人需要吧。」

聽到我的回答，她平靜地說聲「是嗎」，接著閉上眼睛。那看似她對自己的懺悔，我感到些許不安便問：

「妳後悔的事，沒有挽回的餘地了嗎？」

「沒有了。」

「為什麼妳能這麼篤定？」

「因為我再也見不到那個人了。」

她的語氣沉重卻很冷靜，想必是經過無數次思考，才決定接納過去的吧。

「所以，要是還來得及，武田先生請你盡力而為。」

「……我知道了。」

她走在旁邊的感覺突然消失了，回頭一看，她在人群中停下腳步。

「對不起，我想起我還有事，我們在這裡說再見吧！」

她的笑容很不自然。我回應道：

「妳是騙我的吧？」

她一臉吃驚。神情出現破綻，充滿悲傷。

「為什麼要這樣強迫自己笑呢？到底發生什麼事？」

也許我幫不上忙。但至少我能傾聽。

「妳這一路活過來，到底都在想些什麼？」

這次她真的笑了。然後，平靜地開口：

「可不可以，請你幫我一個忙？」

◆

晨光照在雪融化後的柏油路上。水量變多的小河傳來清澈的潺潺水聲。

我靠在欄杆上，看了看錶。明明是我找他出來的，卻有點緊張。「抱歉，我來晚了。」拿著手拿包的梶谷從對面走過來。正好在橋中央，三個月不見的我們終於碰面了。

「辛苦了。要喝咖啡嗎？」

「不了，我最近盡量不碰咖啡因。」

「是嗎。」

我一手仍拿著多出來的罐裝咖啡，拉開拉環。梶谷雙臂環胸，望著橋的另一側。

「是說，為什麼要約在舊辦公室附近？」

「因為離我們兩個的家都近啊，上工前約這裡很方便。」

「是喔，看來你也很忙嘛。」

「託福。」

說的都是些沒營養的話，我想說的明明不是這些。我想讓因為緊張而緊縮的喉嚨冷靜下來，設法發出聲音。

「……抱歉。」

梶谷默默看著遠方。後腦剪齊的短髮晃動著。

「我考慮過各種可能性，我想，我們分開來一個人也過得下去。不用特別去找，也會有個目標等著我們。」

可是，這樣沒有意義。

「就算完成了什麼，少了你那就只是一件工作，我還是想和你一起挑戰。」

「……就算你勉強自己回來，我也不會開心的。」

「梶谷。」

「啊——我是說，」

他搶走我手中的罐裝咖啡，仰頭一飲而盡。

「我相信你的才能。要是沒辦法給你一個能讓你發揮全力的地方，那就是我的責任。」

他口氣凶巴巴地說了一堆還搓著下巴，如果告訴他這是他掩飾難為情的老毛病，他會不會生氣？

「……收購的事怎麼樣了？」

「對方也很能熬，不過也只能再想辦法了啊。」

他愉快地揚起嘴角。

看到他這樣，我心想應該沒事了。

「請多指教囉。」

「好。」

要解決的問題堆積如山。可是，我們強就強在是兩個人，作為朋友，作為事業夥伴，我們都還有努力的目標。我想我們是可以達成的，只是還需要一點時間來證明。

「話說回來，你怎麼會改變主意？你那麼頑固。」

「被一個女生點醒的。」

「誰啊？女朋友？」

「怎麼可能。一個只說過幾句話的女生，只見過兩次面。」

「啊？」

「哎，就發生了一些事。」

「……總之，將來有機會我得謝謝她。」

「是啊。」

雖然那是不可能的，但我沒有告訴梶谷。

我只希望至少她能幸福。

叔叔：

我一直活得很以自我為中心，給別人添了很多麻煩。

所以，我覺得如果把時間用在別人身上，也許可以稍微獲得一點諒解吧。

我想得太天真了。叔叔的心願，又不是那種陳腐的東西。

我還有未完的使命。

我再也不會跟任何人有交集了，但這是我自己造成的結果。

我必須堅持到最後。

即使有道不完的歉，但那就是我存在的意義。

千奈美

二〇一六年一月十七日（星期日）

2017-12-05

〈我的興趣是拍照。啊，不用說也看得出來喔（笑）。請看，這隻貓。最近常跟著我。tai 平常都做些什麼呢？〉

〈就普通的大學生啊。每天上課和打工〉

不知不覺，我和鳥的帳號開始交談。也不知是一板一眼還是懶散，通知固定是每三天來一次。交談話題以回覆自己的日常生活，或是照片的附加說明等等那些瑣碎無謂的內容，這已成為我的習慣。對方以我的帳號名稱叫我「tai」。問她我該怎麼稱呼她，她說：

〈請叫我 ai。〉

「喂，你有在聽我講話嗎？」

「嗯？哦，當然有。」

「真的嗎？那，我問了什麼問題？」

「……呃，例題三的解說？」

「錯，我根本沒問問題。我在抱怨打工的事！」

卡咪鬧脾氣把參考書弄亂。寒假前，我們在學校餐廳互教彼此系上的考試範圍。

「對不起啦。幾乎都教完了，妳就原諒我吧。再來只要考試前復習一下就可以了。」

「是嗎？不過，既然大志這麼說我相信你就是了。」

卡咪收起筆記塞進包包。「你今天不用打工吧？」她這樣問我，於是我陪她去買東西。我們出了正門，朝澀谷移動。

「好冷——！已經冬天了呢。」

「都十二月了啊。」

「對喔，聖誕節就要到了。一年過得好快啊。」

「卡咪這樣沒關係嗎？跟我走在一起，男朋友不會生氣嗎？」

「只是跟朋友走在一起而已，不會怎樣的。」

嗚——她叫了一聲，她縮起穿著學院風大衣的肩膀，打了一陣哆嗦。

「說到這，我還沒看過卡咪的男朋友是什麼樣的人？」

「……勉強要說的話，就是普通人吧。普通的上班族，普通溫柔。」

「那個不叫勉強要說吧。他做什麼工作?」

「我也不是很清楚。」

「什麼跟什麼啊。」

在大學裡卡咪一副拒人於千里之外的樣子,和男朋友在一起的時候會不一樣嗎?也許笑容會比現在多吧。

「對了,大志你是哪裡人來著?」

「靜岡啊。」

「對喔,我名古屋。年底要回家嗎?」

「不了,今年大概不會回去。」

其實是「今年也」才對。學業和打工,我才剛回簡訊給媽媽說了這些冠冕堂皇的理由,其實我很閒。可是,這些年下來,比起找回家的理由,一個人過還樂得輕鬆。

越接近鬧區行人越多,抬頭仰望閃耀在寒冷天空的燈飾,想起ai寄了類似的景色給我。重看訊息,燦爛的燈飾色彩繽紛地在某地的主街上交織著。看照片的感覺，我本來以為 ai 是專業攝影師，但好像只是個才十九歲的女生。

她說她住鄉下，每次和家人去旅行都會拍照。「我有個朋友也常拍鳥的照片。」我這麼說，「真的嗎？那我應該跟他很合得來。」她顯得很高興。

她的照片，會讓我想起國中時代遇見的那個人，不管是色調，還是以鳥為拍攝主題都和那個人很像。彷彿勾起了回憶般，那清透的哼唱聲莫名地在耳邊響起了。

好幾秒之後，我才發現那旋律不是記憶中的那個聲音，而是大街上正在播放。這，是那個人哼過的歌。

「大志，怎麼了？」

「卡咪，妳知道這是什麼歌嗎？」

不知道——卡咪搖頭。我拚命豎起耳朵，努力聽取被喧囂打散的詞句，拼成幾行歌詞。用手機搜尋，原來是二〇〇五年上映的電影主題曲，曾流行一時。錯不了！當時還小的我，也聽說過這部電影。從動畫版明年即將上映的新聞中得知原來還有同名原著小說。

「對不起，我去一下書店！」

我忍不住撥開人群，衝進路上看到的一家書店。略過雜誌、新書，在手扶梯疾馳而上，手指在文庫書的架上滑動。

找到了。薄薄的書背上寫著《寫給妳的祕密》，我把這本書抽出來。作者是北見千冬。封面繪圖是兩個女孩手牽著手，輕快地跑向盛開的櫻花。

「真是的，你怎麼突然用跑的啦。我今天穿有跟的鞋子耶。」

大口喘氣的卡咪向我抱怨。我順手把書翻過來，看到內容簡介吃了一驚，下一秒就把小說往包包裡塞。

「喂，你那是偷書！」

「啊。」

我趕緊去櫃台結帳，然後向一臉訝異的卡咪道歉，說下次再陪她去選冬裝。她問我那本書是怎麼了，我一時之間無法回答，因為這實在太離奇，我想自己先確認一下。和卡咪道別後，我一路跑回家，一到家就把包包一扔快速翻開書。

果然，我的預感是對的，那個故事，和我在公園聽那個人說的一樣。體弱多病的由美和開朗的千里，兩名少女偶然在醫院相遇。兩人漸漸成為知己，千里為了實現由美的夢計畫了旅行，但兩人的時間流速不同，使她們之間產生了距離……。故事大致如此。細節和那個人所說的雖然有些出入，但確實是這部小說的內容沒錯。

這是怎麼回事？難道，那天她忘我地說給我聽的冒險原來只是小孩子的遊戲，只是在逗我的嗎？我對那個人而言，果然只是一般大眾而已。

床上的手機震動了，是ai。

〈最近好冷喔。不過，空氣也相對乾淨，我反而開心〉

附的照片是早晨的天空，飄著有如畫筆描繪出來的白雲。打訊息的手遲疑了一下。我試著在腦海中斟酌更有條理的文句，好寫給回覆都很慢的ai，結果還是像平常那樣想到什麼就直接寫了。

〈對呀很冷。對了，妳看過《寫給妳的祕密》嗎？上映的時候我才八歲，所以我只知道片名。ai小時候是什麼樣的小孩呢……〉

算了，還是放一天再回吧。我關掉手機，呆呆地看著天花板，和那個人共度的那幾天，突然鮮明地閃過我的眼前。我甩開席捲而來的空虛和煩躁，從床上爬起來。

還是調查看看吧，至少要盡全力查查看，這是相隔七年之後頭一次發現有關那個人的線索。在那之前，就還是維持灰色吧。我查看了書籍最後的版權頁文字，發了一封信給系上的教授。

「……可是，說穿了坦白表達出自己想做什麼才是最好的。我也會支持你的，就職活動加油哦！」

「好的，謝謝學長。」

「嗯。那，你在這裡等一下。」

學長這麼說完後便離席了。我從文藝書編輯部的會議區目送他的背影。

我一一洽詢大學的研究室，問到第三個研究小組的前四代學長在這本書的出版社上班。我向特地抽出時間、對面試和申請書提出可行建議的學長道了謝，再次集中精神。為了達到另一個目的，為了不錯過只有這短短五分鐘的機會，我整理腦中思緒。就在我整理好的同時，學長就把人帶來了。

「山浦學弟，這位就是佐竹小姐。」

佐竹小姐點了點頭，看上去大概四十四、五歲左右吧，感覺是個溫和柔善的人。

「敝姓山浦。不好意思，在您這麼忙的時候來打擾。這是一點心意。」

我遞出送禮的和菓子。佐竹小姐微笑著說讓你費心了，便坐在我的對面。

「聽說，你有事想問我？」

「是的。我想了解這部小說裡的人物。」

我把書放在桌上。

佐竹小姐是《寫給妳的祕密》的責任編輯。雖未擔任新裝版的編輯，但仍然會出席明年劇場版動畫的製作委員會。

「聽說體弱多病的女主角『由美』，就是北見小姐本人？」

查了之後發現這件事很有名。這部青少年小說以作者北見千冬本人的經歷為本，具有半自傳色彩。寫作當時她大約二十歲，被宣告得了不治之症，只能再活幾年。都將近二十年前的事了——佐竹小姐望向遠方這麼說著。

「是啊。考慮到千冬小姐和她家人的心情，我只能說一些已經公開的事。是她主動投稿到我們編輯部的，公司內部開會後，決定先見見她再說。第一次去她家拜訪時，她的病情已經很嚴重了，只是坐起來點個頭就很吃力的樣子。」

那是北見千冬所寫的第一本小說。網路上公開了一小段她的父母受訪畫面，描述她完成原稿的經過。她希望書可以多引起一些話題，所以意志非常堅決，便將極其私小說的文章做了大幅修改。而當時與她面對面的編輯，應該就是佐竹小姐了。

「小說我全部看完了，我非常喜歡。」

尤其結局最令人印象深刻，原本孤獨的由美，在與千里共度的日子中發現了活著的喜悅。千里雖然轉學了，但由美仍懷著她所給的光芒，接受自己的命運向前走。那模樣，真是美極了。

「北見小姐知道了，一定會很高興的。」

說是這麼說，佐竹小姐的表情卻很複雜。那是身為編輯，身為一個人，正在哀悼她的死。要行銷一部處女作卻也注定是遺作的作品，這個立場想必使她百感交集。

「也因為翻拍成真人版電影，這部小說才能廣為人知。但願她的朋友也看了這本書。」

「朋友？」

「是啊，一個常到醫院找千冬小姐的女孩。這個故事幾乎都是以當時發生的事為參考，所以，雖然用的是小說的形式，但我想這就是寫給那個女孩的。」

我一直以為故事是發生在她生病前，原來不是。這真的是北見千冬與一名少女一起生活過的紀錄。

「您有關於那女孩的消息嗎？她可能是我朋友。」

我明知是不可能的。小說是在北見千冬去世的一九九三年出版的，就算國中時的那個人樣子看起來很年輕大約二十歲，回推出書時才三歲，所以不可能是她本人。而且外貌也不同，那個人與千里唯一的共同點就只有帶著相機這件事而已。

只是，我還是想打聽關於這個女孩的事。因為也許可以發現一些光憑文字看不出來的特徵，像是和那個人的共同點或想法之類的。

「……對不起，我也沒有見過她。不過北見小姐說，她就和小說裡寫的一模一樣。天真爛漫，想到什麼就做什麼。」

真的就只有這樣而已，很抱歉幫不上忙，佐竹小姐也只能道歉。從她偷偷看錶的樣子，似乎是沒有時間了。

「真的很謝謝您。很期待看到動畫。」

「謝謝，我也是。」

佐竹小姐溫柔地笑了。

〈原來那本書很有名喔。我不太看電視，所以不知道。以前我很常待在家

裡，或是到奶奶家……〉

我在午後的圖書館收到了難得只晚一天來的訊息。離席的卡咪邊收手機邊走回來，說今天就吃學校餐廳好了，我們便走過校園。

「大志聖誕節有什麼節目？」

「宅在家啊。」

「什麼啊，好寂寞喔。啊，對了，上次那本書到底是怎樣？我追你追得有夠累的，你可要好好解釋。」

穿著風衣的卡咪雙臂環胸。

「就是以前聽一個不認識的女生說故事聽得很開心，結果其實只是從小說上抄來的情節，讓人很失望這樣。」

「什麼跟什麼，你是說她是書迷？」

「就是那種感覺吧。卡咪看過《寫給妳的祕密》嗎？」

「沒。也是聽大志說才知道有電影的，我不太看電影。」

我的視線從搖頭的她身上離開。

結果，那個人只是把我當作殺時間的好材料吧，她最後沒有赴約，也是因為她膩了、嫌麻煩了。

「沒想到結果你現在改迷上 ai 了。」

「哪有，只是剛好遇到就聊一聊而已。」

「真的嗎？好吧，不管怎樣，不要把對以前的那個女生的幻想套在 ai 身上，這樣她太可憐了。」

在一次又一次的通訊中，我開始把 ai 當作那個人。有點天外飛來一筆的話題和奔放不羈的用詞，不知為何與她的形象重疊。我畢竟喜歡過她，所以即使是痛苦的回憶，還是忍不住會在 ai 身上尋找她的影子。

可是，就算開始的原因是這樣，我也是真心喜歡和 ai 交談的。

過完年不到一週的某天傍晚，手機難得響起。

「喂，大志？」

「我是。」

「什麼你是咧。你好不好啊？」

「……不好意思，請問您哪位？」

啊哈哈的開朗笑聲之後，那個人說他是亮太。

「哦，亮太啊。好久不見。」

「喔，終於想起來了？」

原來是國中同學，總是和足球社的直樹形影不離。「對對對，就是那個亮太。」他起勁地繼續說。

「你現在在幹麼？」

我對這種約法向來沒什麼好印象，便慎重答道：

「在做學校的作業。」

「大過年的就這麼忙。我吵到你了？」

「還好。還不至於啦。」

「是嗎？我跟你說，我們現在在開小型同學會，然後聊到大志。所以我就打來了。」

「哦。」

「大志沒回靜岡嗎？」

「嗯。」

「你在哪？」

「東京。」

喔喔，真假！——亮太的聲音忽然大聲起來。

「我們也在東京。那，晚上你要不要過來？我們預約了新宿的居酒屋。」

啊啊，靜岡就太不巧了。抱歉，我沒辦法過去，下次下次。

已經準備好的這套說詞只能吞回去。我只好回答「哦，那我去一下好了」。長野同學和直樹也會來哦，他在掛掉電話前這麼說。

〈我等一下要去找國中同學。快五年沒見了，有點緊張〉

一出站就感覺到新年的新宿東口，氣氛很輕鬆。我照著導航的指示移動，打開複合式大樓的一家小海鮮居酒屋的門，包廂裡的三名男女往我這裡看。

「喔！大志來了！」

揮手的那個穿紅毛衣的長相意外地與過去相差不遠，不用說我也認得出那是亮太。雀斑直樹揚起嘴角說了聲「唷」。

「真的很久沒見了。國中以後就沒見過了吧？」

「如果沒記錯，應該是。」

「對嘛。去年成人式大志同學也沒回去。」

留著咖啡色及肩波浪長髮的長野同學將菜單遞給我。她的氣質沉穩很多，要是在路上擦身而過，我八成認不出來。亮太重考一年進了舊帝大，其他兩人在靜岡上大學。這麼說，長野同學和直樹經常見面囉？用啤酒乾杯時我這樣問，直樹語帶戲謔地揭曉：

「我們在一起了。」

我不禁嗆到咳了起來。亮太搶在笑瞇眼的長野同學前，愉快地指著直樹說「這傢伙在國中畢業典禮那天告白的」。

「不過大志，你聽我說，直樹真的很爛。我上次在成人式後的同學會上跟長野說『直樹喝醉酒抽菸時，一定都會提起妳。他真的很愛妳耶』，結果長野的眼睛一點都沒有在笑。還說，直樹說他不抽菸。害我猛道歉。」

所以去年開了同學會，我都不知道。我想，就算知道了我也不會回去，但還是有點驚訝。隔壁班的誰怎樣怎樣，那個誰分手之後如何如何。都是些好像想得起又想不起的話題。

直樹才大三就拿到大公司的錄取通知了。一回神三人都已領先我一大截，我縮起脖子咬了一口烤中卷。接著我們喝了不少酒，連喝了三家，喝到很多事都無所謂了。暢快解放後從廁所一出來，就看到長野同學靠著牆站在那裡。

「啊。」

「嗨，山浦同學。」

「上廁所？」

「嗯。」

我意示她裡面沒人了，長野同學卻偏著頭，發出有些撒嬌的聲音嗯——了一聲。

「我呀，大概會跟直樹結婚。」

「……這樣啊。」

「我不討厭他，也合得來，再加上也想不出什麼分手的理由，一定會這樣一直在一起了吧。不過，也沒什麼不好的，只要直樹不再有事瞞著我就好。」

結婚是這樣決定的嗎？我的意識開始恍惚，既不肯定也不否定地搖搖頭。正準備錯身而過時，長野同學嘿嘿笑著，擋住了我的去路。

「其實，我以前喜歡的是山浦同學哦？」

下一秒，她毫不猶豫地用指尖摳著我的胸口，我心想妳才有事瞞著直樹吧。我立刻往後退，離開她那雙水汪汪的眼睛，摸摸自己的脖子。

「……真遺憾，我沒發現。」

對於我這個回答，長野同學一副很掃興的表情。我的胸口還留有她的手指的觸感，她便說了聲「我想也是」便用力關上廁所門。

回到座位後只見到亮太和直樹正在抽菸，直樹趴在桌上大叫「我真的很想讓她幸福」之類的夢話。我和亮太對上眼，他乾笑著說直樹喝醉了就麻煩了。

這叫我該怎麼回答啊。

我啃著乾巴巴的烤雞肉串，在滿座醉鬼的喧鬧包廂裡，我抱著膝仰望天花板。過了十二點，聚會終於結束了。每人交幾千圓，零頭我出——這樣的話說到第三家，長野同學扶著醉倒的直樹上了計程車。亮太目送我去趕最後一班電車，他從口袋裡伸出了手，說聲「下次見」，嘴裡還吐著白煙。

我們還會有「下次」嗎？在人影稀疏的月台上，我不禁在心中這麼問。

第二天早上，好不容易從宿醉中起來的我看到ai的回覆。

〈對了，我忘了說。新年快樂。我最近一直在看星星。國中同學的聚會好玩嗎？大家都變了嗎？〉

〈兩者皆是。有女生已經在考慮結婚了，大家的腳步都好快，很驚人。因為我什麼都還沒決定〉

大家都變了，但也都沒變，他們還是一樣自私，都把事情丟給別人，滿不在乎。可是，不知不覺也都變成大人了，我突然有種落後別人的感覺。

〈試著反過來想吧。想像著未來還有很多事在等著你，會不會開心一點？

總之，有很久沒聯絡的同學特地跟你聯絡，真的很棒〉

我停下正在改補習班考卷的手，盯著她的訊息好一陣子，然後發了「上次很開心」和一個鬼臉貼圖給亮太他們。

我越來越了解 ai。她喜歡問別人的事，回覆的間隔也稍微變短了。

〈這隻貓，最近常跑到我家旁邊。我想 ai 應該會喜歡〉

〈的確很想摸一把。不過我倒是想看 tai 覺得可愛的貓咪照片〉

〈我覺得牠很可愛啊〉

〈我不是說這個啦，多告訴我一些你的事啦〉

她喜歡問我喜歡什麼、想做什麼之類的問題。

〈我最近常看美國喜劇片〉

〈哦，有點意外呢〉

〈還想去溫泉〉

〈溫泉很棒，會想去祕湯探險〉

〈還有啊，我最近腰很痛〉

〈那是因為一直坐著的關係吧。有好好訓練背肌嗎？〉

〈……看我說這些，好玩嗎？〉

〈好玩呀。我想知道的，不是我想看的景色，而是你看過的景色〉

某張照片的一角拍到了遊民正在餵鴿子，ai說「不工作好像也很自由很開心」。我不會因為她的這種言論就不去找工作，但的確也沒有很積極就是了，就只是隨便參加一些就職活動講座而已。

〈這樣很好呀？我也不討厭工作的人〉

「我總覺得，最近的大志很噁心。」

「怎麼一開口就這麼傷人。」

整理好不知道誰決定的該敲幾次門、鞠躬要幾秒的無聊資料後，我們離開了學校。

「想去講座也沒幾個可去。肚子餓了，要吃什麼？」

「那，什錦燒。」

「就是這個！」

就是這個很噁心——卡咪搓著手臂。「你何時會這麼明確表達好惡了。」

卡咪發表完這個相當失禮的感想同時，還對我投以懷疑的眼光。

「你最近絕對有什麼。」

「哪有。」

「啊，我知道了。」

「知道什麼？」

「一定是因為 ai。」

「蛤？」

「……你喜歡上她了對不對？」

「怎麼可能。」

我第一時間雖然否認了，但那是謊話。我的確很在意 ai，手機一響就忍不住會確認，不經意的日常對話也會試著從中尋找深意。這些在意已經跟那個人無關了。ai 的存在本身，開始讓我的每一天都很特別。

那個人，一下子就離我好遠。國中時代的回憶也好，就連不久前非黑即白的虛無感，都能輕輕放下了。也許我真的不可能更接近ai了；也許正因為是文字，我們才能像這樣彼此連結。可是，如果真的要喜歡她，遲早要把對那個人的感情整理清楚。

在尋找什錦燒店的卡咪旁邊，我打開在聽講座時收到的訊息。照片裡藍與白的陡坡分界線上，綠色的針葉樹呈現出顏色的對比。

〈這是我之前去滑雪場的照片。啊，最近卡咪好不好？她是個很有行動力的人，感覺很常去旅行〉

往旁邊一看，卡咪正低著頭滑手機。雖然我無意偷看，但是她被我發出的聲音嚇了一跳，便慌張地按掉手機。

「抱歉，嚇到妳了。」

「……啊，沒有，我才是。沒什麼啦。」

她揮揮手表示不在意，並用問今天天氣如何的語氣隨口說：

「大志，你有過想死的念頭嗎？」

「好突然喔。」
「別想得太嚴重，就當作是在做問卷嘛。身為一個煩惱多多的大三生，請讓我取個樣。」
「要說到什麼程度？」
「在可以說的範圍內。」
「可以說的範圍內，沒有。」
「啊哈，什麼啊，那不就是重症了嗎。你現在也會嗎？」
「不會。」
只是以前有過而已。「卡咪呢？」我這樣反問，「偶爾。」她笑著說。
「發現自己成不了自己想要的樣子，就覺得好糟喔，很失望。」
「原來妳也會這麼想。」
「那當然啦，只要活著就偶爾會嘛。」
我看見她眼中的痛苦，就忽然問：
「對了，妳的本名叫什麼？」

大步向前的卡咪腳步踉蹌，一臉被嚇壞了的表情。

「天啊，真不敢相信！你一直都不知道嗎？」

「就，一直沒有機會問。」

「幹麼不問！怎麼會有人這麼失禮啊！我叫後藤文香。」

後藤文香。

Fumika，mika。

「啊，所以才叫卡咪（kami）啊。」

「對呀！」

她伸出手。

「請多指教囉。」

真正的寒冬降臨了。傍晚六點昏暗的窗外，一如氣象預報所說的下起了大顆的雪。在暖氣不夠力的大教室裡聽畢業校友的企業說明，我大致理解了自己所處的狀況，懷著稍微看得見未來的安心感走出離家最近的車站，一對高中情侶正在寒冬中聊天。

ai住的地方也正在下雪嗎？我打開手機，待機畫面顯示有通知。

〈請看，我們這裡在下大雪！你那邊呢？〉

她在下雪的戶外做些什麼呢？文字沒有說明的部分太多了，讓想像力無限放大。最近她會一次發好幾則訊息，她說完一些瑣碎的網路報導後，大剌剌地問我：

〈tai有喜歡的人嗎？如果卡咪沒有男朋友的話，我倒是覺得你和卡咪很登對呢〉

喜歡的人。我在腳步匆促的人群中停下來，覺得寒意更深了。我縮起脖子，先發了一行字。

〈現在沒有。還有，我這裡的雪也很大〉

〈那就是以前有了。是說，你有交過女朋友嗎？〉

立刻收到回覆了，這還是頭一次。我簡短回覆後開始繼續向前走，訊息自然而然地變成了一來一回的對話。

〈真沒禮貌，有過好幾個〉

〈原來如此。我沒有這方面的經驗〉

〈哦〉

〈這是什麼反應啊。好過分喔〉

彷彿可以聽到她輕柔的聲音。路燈的光夾雜著雪花，朦朧地照亮地面。

〈說說看你的情史〉

〈才不要，只會讓妳失望〉

〈我才不會因為這樣就失望呢。不過如果你堅決不肯說，我就不問了〉

我平常抄近路回家的公園裡一個腳印都沒有，平坦的路面彷彿所有的凹凸都被遺忘了。我踩著雪發出沙沙的聲音橫越了廣場，拍掉鞦韆上的雪坐了下來，鞦韆的支架是紅色的，和那天的公園不一樣。

〈好吧，我說〉

我挖出酸酸甜甜的回憶。雖然剛才說不想講，但其實也沒什麼好隱瞞的。要嘛就是擺出一副男朋友的架式，凡事做得太過頭，要嘛就是不知道原因就被甩了。不過就是些常見到不行的青春回憶。

〈……好哀傷〉

〈喂〉

〈啊哈哈，對不起〉

〈不過，分手的原因都很無聊。我覺得什麼喜歡啊討厭啊，根本都不是真心的〉

話雖這麼說，我現在也都放下了。就算沒有好的結果，也都好好開始，好好結束了。所以，真要說的話。

〈只有一個人我心裡一直過不去〉

〈什麼事過不去？〉

我很驚訝自己竟然能夠輕易提起那件事。我既不想唾棄她，也不想否定她，因為她已經成為純粹的回憶了。夕陽照耀下的側臉、相機的反射、照片，我覺得好像好久沒有想起那個時候了。

〈那個人好差勁喔〉

默默聽完的 ai 突然為我抱不平。

〈有嗎？〉

〈她態度那麼曖昧卻又單方面抽身，怎麼可以這樣〉

〈算了啦。都是以前的事了〉

我用凍僵的手回覆訊息。大顆的雪堆在肩頭，公園裡一片寂靜。

〈那怎麼行。該不會你一開始跟我說的那個拍鳥的人，就是那個女生？〉

〈對啊〉

〈那種人，最好趕快忘掉。不要一直被過去綁住，應該要活在現在〉

〈沒那麼簡單。因為也曾有過美好的回憶啊〉

我不想說違心之言。

ai 隔了一陣子都不再傳訊息來，所以我把身上的雪拍掉後站起來。正要走出公園時，手機畫面又亮起來。

〈那，你原諒她了嗎？〉

原諒。我不知道這麼說對不對。可是，有一件事我很確定。

〈我都能活到今天了，所以就算了〉

那個人的確救了當時的我。那一天，如果不是她在平交道拉住我，陪我一起走，也許我現在就不會在這裡了。那之後的日子雖然沒有特別美好，但時不時也有覺得不錯的瞬間。

所以，這是真心話。我很高興能遇見她，這是事實。又一小段沉默之後，她寫道：

〈那真是太好了〉

短短一句話，我卻好像看到了她的微笑。

第二天早上，ai 的帳號裡所有的照片都不見了。

side. 川上晶

2012-06-22

「您認為 ai 是什麼？」

觀眾席中正中央的一名少女問了我這個問題。因為之前問的都是使用的顏料和喜歡的畫家這些問題，一瞬間不知如何是好的我就在台上支支吾吾起來。

「這是個很難的問題。但這些不明確的事物對創作而言是不可或缺的……。」我照著入口處的文宣說，最後再將視線回到少女身上，她便向我行了個禮。

那天，是我的個展開幕日。身為畫家、插畫家「川上 Shou」的第一場畫展。成為職業畫家七年，以及以前在業餘時代累積的作品用故事的方式陳列在四百平方公尺的畫廊裡。這場巡迴各大都市的畫展，選擇有衣錦還鄉意義的福岡作為起點，我就是為了今天的座談話動特地從東京回來的。

內心充滿滿滿的充實感送走了最後的觀眾，正準備離開時，休息室裡的設備組工作人員過來打招呼。

「Shou 老師，辛苦了。」

「辛苦了。」

「算是符合作品形象吧，畫迷還是以年輕女孩居多呢。週末應該會有更多學生來看展吧？」

「的確是。我可得小心發言，別在座談裡讓他們夢想幻滅了。」

門外有人叫著「Akira」，畫廊老闆露面了。「啊，您好。」「恭喜。終於開始了巡展了啊。」老闆對踴躍的人潮十分滿意地邊捻鬍邊說：「不過啊，有個女孩問了很有意思的問題。」

「哦，問 ai 的那個女孩嗎？」

不知那女孩要問的是哪個，ai、I、藍、愛這幾個字在我腦海中盤旋。

「不過，成長過程中，就是有一段時期會對那類哲學的東西很好奇吧？像是，家人是什麼之類的。我也曾經和我媽吵架離家出走呢。」

「哈哈。那個以前在小展間參加聯展的 Akira 也二十五了啊，現在都闖出名號了。有沒有好好休息啊？」

「偶爾。老實說有時候真的很累，但有工作就要感恩了。而且……」

我穿上西裝外套，打開後門。

「我畢竟是喜歡畫畫的。」

我走下逃生梯。一早的晴天像不曾出現過般消失得無影無蹤，梅雨季沉沉的雨水打在地面上。我匆匆地跑向後面的付費停車場，途中看到一個人影而停下了腳步。一個少女沒撐傘就站在那裡，就是剛才問「ai」的那個女孩。

「請問。」

「……什麼事？」

「可以聽我說幾句話嗎？」

她那雙閃爍光芒的深藍色雙眸極其嚴肅，看來不像迷妹堵人的那種。看她彷彿要消失在雨中，我於心不忍，便讓她坐上了副駕駛座。問她要在哪裡下車，她回答在車站前就可以了。雨水打在擋風玻璃上的聲音變得更大了。

「那，妳要說什麼？」

「……這張畫，是川上先生畫的吧？」

紅燈時她取出了一本文庫本，書封上是兩個少女牽著手奔向櫻花樹的模樣，逆光照射了她們的輪廓。

「哦，是啊。」

我瞥了一眼便回答。光看這一眼就夠了，因為那是《寫給妳的祕密》為了配合真人電影版上映所推出的新裝版書封，是我的頭一幅商業插畫，也是起點之作。同時將十八歲的我引導到今天這一步的契機，當時的我人生中只有母親與三坪大小的畫室而已。

「Shou 先生喜歡畫畫吧？」

「是啊。」

「現在也沒變？」

「沒變啊。」

她所說的「ai」，指的大概是個展的標題「I」吧。

回想過去，描繪與畫同在的未來。我所有決心，都濃縮在這個字裡了。

「畫展的概念應該有表達出我的想法了吧？」我這樣解釋，她的臉色卻沉下來，然後極有分寸地，以小聲到幾乎被雨刷聲蓋過的音量低聲說：「那，為什麼不畫藍色的畫了呢？」

我愛藍色，沒什麼理由，就像喜歡蘋果一樣，頂多就是這種程度的事。那彷彿會讓我一頭栽進去的藍色，等我意識到時在我心中就已經是特別的，比任何色調都美。所以每次就只有藍色蠟筆少得特別快。

「Akira 真的很喜歡藍色呢。」

媽看到我塗滿整張圖畫紙的靚藍色後就笑著說，我們得再去買囉。然後牽著我的手，到我們常去的附近一家美術用品店買一根六十二圓的蠟筆給我。我們家沒有父親所以很窮，我國中畢業後就在當地就職。

「你這麼會畫畫，媽卻沒有能力讓你上美術大學，對不起呀。」「沒關係啦。」我在這樣的口頭禪中出門工作，賺錢回家，再從家用中僅餘的一點點零用錢買畫材，總是在房間一角畫油畫。

那幅畫，讓我這樣的生活有了一百八十度的改變。十八歲的春天，畫廊老闆聯絡我，說出版社的編輯看了聯展，很喜歡我的畫，想請我畫一本小說新裝版的封面，過幾天一本書名叫作《寫給妳的祕密》的書就寄來了。看到原來的書封雖然不差但感覺實在很普通，我有自信我一定可以畫得更好。

書看完後，老實說我不怎麼喜歡。不是內容的問題，而是因為作者已經死了。處女作啦，遺作啦，因為這樣而獲得好評真的很不公平，這讓我很煩躁。但我還是認為這是個好機會，內心發誓一定要讓書店裡的其他書都相形失色。

和編輯討論後，決定畫故事裡的最後一幕。每當休假，我都會到街上把櫻花牢牢記在腦中，就這樣，我把過去無處發洩的嫉妒、羨慕、想獲得肯定的渴望，全都透過顏料揮灑在畫布上。

我畫出了一幅最好的畫。媽也笑著說：「真是幅好畫啊。」

「只是沒有機會畫而已，並不是討厭藍色了。」

我操控方向盤，車子駛進了車站前的圓環。

七年過去了，想一想我也走了好遠。新版書封在電影上映的助攻下大為暢銷，無論哪一家書店，都是大範圍地陳列，真的很壯觀。不久後，我就接到新的插畫工作了，當然，業主都是因為那本文庫本來的，都會誇我「Shou 老師的暖色系果然很棒」，從那時候起，我便開始用筆名。

晶可以唸成Akira或是Shou。雖然沒有什麼特別意義，但我就是覺得很專業、很酷。

我畫了數不清的封面和海報。廣告案的報酬就是之前工作好幾個月的薪水，而且會貼滿整個城市，到處流傳。「你果然有才華。」在媽一臉得意的目送下，我來到東京。租了地方也有了畫室，也像這樣可以開著自己的車回老家，應該可以說是功成名就了吧。

「既然您沒有討厭藍色，我就放心了。」

她說她想問的就是這件事，然後很有禮貌地關上車門。看她非常無精打采地走在雨中的背影，我叫道：

「喂！」

她吃了一驚回頭。

「妳想看藍色的畫嗎？」

為什麼我會這麼說呢？或許是因為，她的眼睛是我喜歡的顏色。

我們約好第二天早上在綠地公園碰面。梅雨季後乾爽的風吹過位於市區正中央的巨大水池，我在電話裡告訴迷路的她該怎麼走，過了不久，就看到她喘著氣從散步步道的另一邊跑來。

「對不起，我遲到了！這個公園太大了！」

這個名叫千奈美的少女，相當活潑又好動。她說她帶著相機走遍全日本，拍照的品味也不錯，所以我更加認為可以帶她去。我們走過有點脫離現代感的小路，工廠旁出現一幢老舊的木造兩層樓公寓。

「爬的時候要小心，這座樓梯已經很破了。」

我抓住當初硬安裝上去而今已是滿是鐵鏽的扶手。走廊上一排好幾道間隔很近的紅褐色大門，我把鑰匙插進後面數來第兩道門的門把。

「這裡是什麼地方？」

「我出生的地方。」

川上雅子　晶

我小學時央求媽媽寫的門牌，上面的油性麥克筆筆跡經過風吹雨打，字已經快消失了。

「我回來了。」我對空無一人的房間這麼說。

媽在前年死了。她十九歲時生下我，就沒日沒夜地工作，不知不覺間就把身體搞壞了。我打開窗戶，擺得滿滿的畫布在環境光中浮現。

「哇啊，可以拍照嗎？」

「只要不上傳到網路上，隨妳拍。」

媽的部分遺物我帶到東京去了。這個地方大可退租，但我捨不得，就當作倉庫使用。以前的畫和未發表的原創作品我都會寄到這裡，請當地的朋友代收。其中，有好幾幅藍色的畫。

「Shou 先生，請看看這個！我好喜歡！」

「嗚哇，別說了。好丟臉。」

千奈美舉起一幅全藍的肖像畫，那是我去東京之前，媽要求「你也畫畫我呀」，我嚷著不要啦好麻煩所畫的一幅畫。

其實我怎麼會不願意，我內心很驕傲。

「千奈美問的『ai』，指的是個展的標題吧？」

我對一翻出畫就頻頻響起的快門聲這麼問了，只見她停下動作搖搖頭。

「不是，是喜歡、討厭的那個 ai。Love。」

愛。

我閉上眼睛開始思索，自己的情感、這個地方和畫。

「對我來說，愛是無法取代的。」

「……您在座談中也說過，畫是人生嘛。」

千奈美在廚房望著畫布笑了。她的樣子讓我想起了媽，我真的好希望能再見她一面。

我沒能為媽送終，接到她病危的消息是在寒冬，當時我正在開會討論化妝品的海報。房東在電話中說，忽然聽到樓上傳來巨大聲響之後就悄然無聲，覺得奇怪去看了，就看見媽倒在廚房。媽也真是的，我早就要她辭掉工作來東京跟我同住了。

我趕上當天最後一班新幹線。到了博多，搭朋友的車趕到醫院，但還是晚了一步，媽已經在病床上嚥下最後一口氣。房東說媽走得很安詳，在我看來卻是孤寂。

「這次想請你用藍色。」

我正在做筆記，沒想到聽到意外的要求。遇到千奈美那天，我回到東京後馬上與客戶開會討論新推出的化妝水。

「藍色嗎？真難得。之前一直都是以櫻花或楓葉為主題的。」

「是的。其實從這次起，我們要以價格來區分消費層。高階品牌的形象色就是藍色。」

對方將樣品遞給我。以江戶切子為主題的透明瓶子上有螺旋切紋，用藍色襯托得很美。

「川上先生難得用藍色，在畫迷眼裡一定也很新鮮。給我們一張一炮而紅的海報吧！構圖就由你決定。」

「好的。」

我回到畫室後，便開始著手準備。在速描本上畫了草圖，把顏料擠到調色盤上。感覺雖然新鮮，但為什麼呢，思考卻像感冒時那樣開始朦朧。我有種不好的感覺，果然這個預感應驗了，畫出來的底稿，實在說不上滿意。

「川上先生，草稿的進度如何？」

「不好意思，能不能再給我一點時間？」

「大約什麼時候會好呢？」

「我看看，一週……。不，再五天應該就可以了。」

掛了電話後，我看著畫室裡處處散落著各種版本的草圖。因為還有別的座談，所以明天又必須回福岡。可惡，早知道就老老實實選東京舉辦就好了。我焦慮地仰望天花板，忽然想到一個方法。

對了，讓千奈美看看吧。我想要客觀的意見，既然她喜歡藍色，也許可以從別的觀點給我真實的感想。我迫不及待打了她的手機，響了三聲後，傳來一聲「喂」。

「啊，千奈美？妳現在在做什麼？是說妳人在哪裡？」

「咦？……呃，我還在福岡。怎麼了嗎？」

「太好了。妳明天晚上有空嗎？」

「有是有，不過到底是……」

「我有東西想請妳看一下。」

掛斷電話後，我將散落一地的資料歸檔後，匆忙地整理行李。

你想讓我看什麼呢？來到咖啡店的千奈美因期待而閃亮的雙眸，卻在翻開檔案後漸漸黯淡。見她無力地合上資料，我問她感想，她黯然回答：

「我覺得，很不像 Shou 先生。」

「哪裡不像？」

「……對不起，我說不上來。」

千奈美抱歉地看我。

「沒關係，妳就老實說吧。」

「可是……」

「我就是為了這個才來問妳的，所以不用客氣。」

是嗎——她的嘴巴動了幾下，才斷斷續續地吐出話語。

「……我比較喜歡以前的畫，有種拚命，或是說充滿感情的感覺，看了就覺得畫畫快樂得不得了，連我也感染到幸福。可是，現在的畫裡找不到那種感覺了。」

她哀傷地繼續說，「所以我才會在會場上發問。因為我很不安，不知道現在 Shou 先生是不是還愛畫畫。我覺得，關鍵還是在於那本小說的封面。如果沒有那個的話，Shou 先生就會和以前一樣……」

「我自覺沒有變那麼多才對。」

「可是，您還是沒有發表藍色的作品啊？」

「那是因為工作。」

「就算是那樣，你自己也可以畫吧？最近的畫都是紅的、黃的。那就表示……」

我認為這是必要的。顧客的要求、自己的形象，因為這些理由，我一再把使用藍色的作品發表往後延。難道我一直向其他顏色尋求遠離藍色的藉口嗎？

我到底是為了誰而畫？

畫畫給了我夢想，給了我富裕的生活。可是，真的這樣就夠了嗎？我應客戶要求而畫，受到大眾好評，開個展、買車，卻不能給媽送終，這就是我所冀望的？

說什麼無可取代，都是騙人的。也許我犯了無可挽回的大錯。

我看著在桌子另一端別過眼低著頭的千奈美。和媽在一起的時候，我畫畫時都想些什麼？忽然間，腦海深處浮現一個想法，雖然只是臨時起意，但也許是個有趣的主意。反正再這樣下去畫出來的畫也很慘，既然這樣，這個主意值得一試。

「千奈美。」

「是。」

「我想拜託妳一件事，不知妳肯不肯答應？」

「如果我辦得到的話。」

「請妳當我的模特兒。」

千奈美僵住了。然後，大概是明白了我的意思，雙手在面前猛搖，激動地站起來。

「等、等等！」

我連忙抓住她的手。她的聲音高了好幾度。

「不不不不行的！我連被拍照都不行了更何況當模特兒！」

「不會的，妳可以的。」

「我不行！」

「拜託。這麼做也許我可以抓住什麼。畫千奈美，也許能讓我明白那時候的心情。」

她聽了我的話，目光游移了一會兒，然後微微點頭。

「我明白了，我會努力的。我也想再次看到 Shou 先生的藍色的畫。」

我把回程的飛機延了五天，前往美術用品店買畫具。店主認出了我，說聲好久不見啊，顯得很吃驚。

「怎麼，你在這邊也開了畫室？」

「不是的。只是想回憶一下從前。」

我扛著畫布和畫架，打開開合不順的門，照著習慣說聲我回來了。眼前出現了一張熟悉的面孔，剎那間我的心臟停了幾拍，但冷靜下來一看，那是千奈美上次豎起來的媽的肖像畫。與藍藍的笑容四目交接，我忽然想為什麼沒有把這幅畫帶到東京？是因為和媽的回憶應該留在這裡？還是因為沒有好得值得掛起來？內心開始覺得多半不是這些原因。為什麼我不再畫藍色的畫，我覺得我好像明白了。

房間準備好時，有人在門口敲門。拉著行李箱的她從門後出現。

「辛苦了，千奈美。謝謝妳特地過來。」

「哪裡，我才不好意思，不能幫忙到最後。」

她怯生生地脫了鞋。千奈美必須離開這裡，所以只能待到今天傍晚，這樣也沒關係，因為在這個房間畫畫才有意義。我從她的衣物中選了一件最像模特兒的衣服，到屋外等她換上。溫暖的太陽照耀著。

「對不起，請不要畫我的臉。」

解開頭髮、穿著白色連身洋裝的她，一邊坐在椅子上一邊說。

問她為什麼，她也只是說「不為什麼」。長得那麼漂亮卻不肯入畫，真可惜，但是只要能看著那雙眼睛應該就沒問題了吧。在三坪大小的房間裡，我們隔著畫布相對。

「我要擺什麼姿勢呢？」

「自然就可以了。」

「自然……」

千奈美試著扭轉身體、蹺腳，可是都感覺很生硬，和她平常的樣子少了點什麼。

「那，妳拿著這個。」

我把她平常掛在脖子上的相機遞給她。她把相機放在大腿上，緊張就從她身上消失了，她撫摸著觀景窗的表情好美。

「嗯，我覺得這樣很好。」

「真的嗎？」

「就這樣別動。」

「好。」

沒問題的。我很有把握。

「其實，我會問你愛是什麼還有另一個原因。」

在纖細而平靜流動的時光中，千奈美突然開口說道。她眨眨眼露出深深的憂鬱。

「我以前傷害了一個人就離開了，我只顧著自己，沒有準備好接受他的感情。如果我是他，一定會打從心底痛恨我吧。」

她僵著臉努力不改變表情。

「該怎麼做才是對的？明明不會幸福卻在一起是愛嗎？為了對方著想而讓他討厭我是愛嗎？將來有一天，我會知道自己是不是對的嗎？」

也許那一天永遠不會來，我在心中這麼回答。

人的本心，無論如何都無從得知，所以我大概會內疚一輩子吧。我讓媽孤獨一人，沒能為她送終，這樣我還有資格繼續畫畫嗎？媽其實是不是痛恨繪畫這門讓我們母子分離的藝術？不可能的。可是，在越孤獨的日子我畫得越多，大概就是為了不去想這些。

不去想媽其實真的很寂寞。我一輩子都不會知道，媽在臨終的那一瞬間心裡想些什麼。她是高興？還是難過？光是這個想法便足以肯定或否定我之前做的所有一切。我一天天累積起來的東西就是這麼脆弱，但是「……我們只能相信。」

相信自己的選擇沒有錯，然後走下去。再怎麼做，都無法挽回過去，所以至少，我們才會有後悔這種情緒。

好讓我們不會遺忘。

好讓我們能夠想起。

好讓我們做過的事、已經造成的那些事，最終能將自己導向比較能夠接受的未來。

是啊，所以愛是——

我刮起顏料，在畫布上推開。這裡沒有虛偽，筆跡承載意念，蓄積著時間，在畫布上形成景色。這是個美麗又殘酷的世界。

我明白了。我再也無法回到過去了。經歷了太多、錯過了太多，我領悟到原來我已經走得太遠，遠得令人悲傷。

聽到我擱筆的聲音，千奈美抬起頭來。

「畫完了？」

「沒有。不過，已經夠了。」

看到我的表情，她顯得若有所思。

「……我可以看嗎？」

「可以啊。」

裙襬搖曳中她站到我旁邊。然後，從我身後看著畫，微微一笑。

「畫得好差勁喔，比之前任何一幅都差。」

「……我也這麼想。」

「可是我很喜歡，是至今最喜歡的。」

這是Akira先生的畫——她這麼說，我答道：

「Shou和Akira都是我啊。」

名字根本不是問題。無論怎麼看，我都是我。千奈美點點頭，拿起行李箱。橙色的光充斥著房間，她的影子拉長到玄關。

「Akira先生。」

剪影緩緩回頭，靜靜問道：

「Akira先生以後也會畫畫嗎？」

「當然。我會繼續給它畫下去的。」

我自嘲地回答。

失去媽的悲傷，不知在何時消逝的往日的熱度，我想我會找其他東西來填補，同時繼續活下去。那裡並不是沒有愛。正因為明白失去的有多重大，才會拚命尋找。我們無法避免喪失，但我想相信，那樣掙扎的每一天才有意義。

「所以，愛並不是無可取代的。」

而是再怎麼想去掉也去不掉的情感吧。

千奈美在夕陽中融化的藍色眼眸瞇了起來。

「聽你這麼說，我好像又有勇氣邁步向前了。」

在關上門之前，她這麼說著並露出有些笨拙的笑容。

在三坪的房間裡，我獨自拿起筆。

I、藍、愛。

都是ai。全都在這裡。

已經改變的我。

不再了解的顏色。

畫布描繪的可能性。

——Akira 真的很喜歡藍色呢。

是啊，我喜歡畫畫，我愛畫畫。所以我要畫。

直到我能說這是對的的那一天。

叔叔：

我正在思考愛。

我還是不知道那天我應該怎麼做才對。今後，我一定也會繼續犯下數不清的錯吧。光是這麼想，我就討厭自己。

可是，所以我至少要記住。

在我明白一切的那一天，要找到更多答案。

我相信，如果那也是愛的話，這就是有意義的。

千奈美

二〇一二年七月二十四日（星期二）

2018-05-22

與 ai 失去聯絡已經三個月了，我也升大四了。才剛為凋落的櫻花感傷，就職活動就開始了。雖然為數不多，我還是通過了幾家公司的書面審查，我在大學的學生餐廳裡，為如何準備面試的自我介紹而頭痛。

「自我介紹隨便準備就好了，進去以後誰還管那些啊。」

卡咪在行程表上安排預定事項，口氣說得稀鬆平常。她應徵的企業比我多兩倍以上，爭取到面試的也不少。

「對了，後來 ai 有跟你聯絡嗎？」

對於這個突如其來的名字，我努力淡定回答：

「沒有啊，後來就連一個字都沒有。」

「哦，是嗎。是玩膩了嗎？」卡咪望著飄浮在日光中的塵埃這麼說著。

ai 的帳號還在，可是，後來就沒有更新了，只留下我們在四個月內交換的百來則訊息。

〈那真是太好了〉

我重看了她最後一句話。再怎麼找，都找不出她刪掉照片的原因。

「天曉得？搞不好是因為大志的情史吃醋了。」

「ai 對我又沒有那種意思。」

「難講哦。她自己說的嗎？」

「沒有。但又沒有那種感覺。」

「所以啊，這就告訴我們，不要自以為了解對方的一切。搞不好她在背地裡哭呢。」

我說對不起。「幹麼跟我道歉。」卡咪卻鬧起彆扭。

ai 不見了，我消沉了好一陣子。無心於就職和課業，有時候一整天都悶悶不樂，可是，看看無聊的電視節目，和沒事會來找我的卡咪說說話，也就漸漸平復了。時間會解決一切，而且速度比以前快得多，平淡的、平穩的日常就回來了，這段時間彷彿是成為社會人之前僅存的寬限期。

「……上次我說大志很噁心，我道歉。」

卡咪斜眼看我。

「我又不介意。」

「我介意啊。你還是現在這樣比較像有血有肉的人，比起之前的完美同學更貼近人了。」

「是嗎？」

「怎樣，耍什麼帥？」

卡咪笑了，我也笑了。

沒有 ai 的時間依舊持續流逝著，人就是這樣克服種種悲傷的嗎？

我打開信箱，查看申請書是否通過和就職活動的資訊。在眾多公式化的標題中，有一封信的主旨特別吸引我。

〈山浦大志先生收 佐竹〉

佐竹小姐！是那位編輯。我趕快打開信。

〈你好，就職活動還順利嗎？我在審那部小說的動畫海報時，發現一件事，所以寫信給你。〉

那部小說指的是《寫給妳的祕密》。

〈有一件事我沒有問你。你來找我那天，我應該先問你，你認為小說有哪

些部分是真的。因為你事先做了很多調查，我便只顧著說一些細節。〉

我看不出佐竹小姐想說什麼，皺著眉繼續看下去，之後的內容，讓我的手停了下來。

〈千里這個角色的人物範本，在初稿之後做了變動。原因是擔心讀者會注意角色多過於故事情節。北見小姐真正遇見的那個女孩，據說髮色很淺，有一雙藍色的眼睛。〉

剎那間，我的理解力跟不上了。

淺色頭髮、藍色眼睛，這兩句話讓我眼前瞬間天旋地轉。

原來那不是騙人的，那個人真的和北見千冬去旅行了。

「卡咪，妳看看這個。」

我讓卡咪看了信。她一臉訝異地讀起內容，臉色漸漸變了。「等一下，太奇怪了！」最後抗拒般地掩住臉。

「這怎麼可能，大志不是也說過嗎！北見小姐的書是一九九三年出版的，大志遇見那個人是在國二，二〇一〇年，再怎麼年輕都三十幾歲了吧！怎麼可能是同一個人？不可能、不可能。」

像害怕什麼似地不斷說著這句話的卡咪，卻說了：「可是，我也認識那個人。應該不會錯的。」

卡咪說那個人叫千奈美。她不僅知道名字，連電話號碼也知道。我懷著難以置信的心情按了號碼，握緊手機，可是，擴音器裡傳來的只有冰冷的鈴聲，不管重撥多少次都沒有人接，最後還是放棄了。我垂頭喪氣，而旁邊的卡咪則是抱著自己的肩。

我向卡咪要了電話號碼，換個時間重打一次，因為那個電話還是打得通，只是沒人接而已。拜託！都已經到這一步了，別在這裡結束。即使我這樣祈禱，電話還是沒有人接。

隔天晚上，我正在準備下週即將到來的第一志願公司的第二次面試，雖然已經是五月了，還是很冷。我穿上運動外套，正在煮泡麵時，桌上的手機忽然響了。

那是十一點左右。這麼晚了還有人來電，我懷著期待拿起手機。顯示的電話號碼就是那個人的電話。這個突如其來的瞬間，我連怎麼呼吸都忘了，就趕快接起電話。

「……喂，我是山浦。」

手機緊貼著耳朵等對方發話。

「請問您是不是曾經打給伊藤千奈美小姐？」

是一個沉著的男人聲音。

走出上班族來去匆匆的六本木站。幾分鐘後我和卡咪到達指定地點，兩人仰望那令人頭暈目眩的高樓。

「好棒喔。卡咪有沒有找這裡的工作？」

「投了兩家，書面審查就被刷下來了。」

一個脖子上掛著員工證的男人出現在大廳，穿著毛衣和窄管七分褲。這個看似認真嚴肅的人，看到我們便舉起手。

「是山浦大志同學和後藤文香同學吧？」

「是的。」

「你們好，我是武田佑太郎。我們坐下來說話吧。」

他帶我們進了大樓的一家咖啡店，我們隔著桌子相對而坐。武田先生取出名片。

「我是開發照片應用程式的。PHONO，你們知道嗎？」

上面印著熟悉的商標。PHOTOMENO，就是我用的網站，也就是ai上傳照片的地方。

「那麼，你們為什麼會和千奈美聯絡？」

武田先生盯著我們看。就我們的立場，倒是想問武田先生為什麼會有她的手機，但我認為應該先回答他的問題。

我們說明了那個人的事。我是基於私人理由尋找那個人，追尋著四處散落的足跡，終於找到這裡。

「……這樣啊。」

武田先生嘆了一口氣，然後稍微移開視線，這個舉動讓我感到一抹不安。

武田先生的視線輪流在我們兩人身上打轉，然後緩緩地勸解般說：「千奈美去旅行了。」

◆

「可以拜託你一件事嗎？」

她穿過人群，站在我面前。

「……妳要我幫妳做什麼？」

「請保管我的手機。」

她把剛剛才登錄應用程式帳號的手機遞給我，這麼說著。

「我會每個月付電話費，只要幫我保管就可以了。」

「妳什麼時候來拿？」

「不，我不會再用了。」

「那解約不就好了？」

她的瀏海晃動著，接著鬆開手機。

「因為，我還是覺得沒有機會道別太悲傷了。」

她為難地笑了。明明在笑，卻將聲音壓得很低。

「如果有哪個怪人打電話到我的手機，到時候想請你幫我轉告他們，伊藤千奈美已經不在了，不，已經去旅行了。謝謝他們想起我。」

——再見。

◆

真令人難以置信，我才不願意相信那些話。那個人今天也在某處，到處去看沒看過的景色。那些話就是這個意思，我只願意這樣解釋。

「為什麼不阻止她？」

「大志。」

卡咪制止我，而武田先生則是一臉苦澀。

「……因為我阻止不了。她顯然是徹底考慮過後才下定決心的。我沒有立場說什麼。」

「那麼，這個您是怎麼想？」

我讓他看了 ai 的帳號。

「這是？」

「這是我認識的一個女生。我們本來一直有聯絡，某一天她卻突然刪掉全部的照片。千奈美也有用這個應用程式，她也喜歡鳥，所以……」

我知道我接下來要說的話很離奇。可是，我就是沒有辦法不說。

「我認為 ai 就是千奈美。」

「ai？」

這多半是我內心深處的期待。武田先生是兩年前的一月接管了那個人的手機的，這樣的話……

「請告訴我關於這個帳號的資料。什麼都可以，像是帳號是什麼時候開的。不，只要看寄放在武田先生那裡的手機……」

「很抱歉，我不能那麼做。」

「為什麼？」

「因為這牽涉到個人隱私。」

那是一種充滿正當性的、強勢的大人語氣。

「我也很好奇。可是，有些事不能做就是不能做。」

他按著額頭的左手戴著戒指。在我心中翻騰的熱度消失了，我垂下頭。

「……對不起。」

「不，是我不好意思，幫不上忙。」

下次一起去吃個飯吧，如果你們願意的話，也告訴我你們和千奈美的回憶。約好之後，我們和武田先生道別。

「……卡咪，妳覺得呢？」

「我哪知道。」

回程時，卡咪不耐煩地猛抓頭。

「我不知道啦。這一切真是莫名其妙，千奈美到底是誰？武田先生聽完大志的話臉都抽搐了。那我們見到的千奈美到底是什麼？」

如果我們——卡咪、武田先生、佐竹小姐和北見小姐所見所聞是真的，那麼千奈美就不是人。人類不可能過了二十多年仍維持同樣的容貌。

「太噁心了。我快吐了。」

卡咪蹲在樹蔭下，我也不知道該對她說什麼，和我相比，她和那個人共度的時間更長。幾天前，在我們兩人的記憶還沒有對起來之前，那個人還是個少女，但現在就連她是什麼都很可疑。

卡咪說著抱著膝蓋，哭了起來。

「為什麼她會死掉了呢？」

ai和千奈美都不在了。

即使如此，早晨還是來臨了。面試時的標準SOP，敲門、行禮、背誦準備好的標準答案。等一切結束回到家都已經天黑了。

人生，好像不管怎樣都能過下去，就算心成了空殼，身體也會好好活著。只是偶爾像發牢騷般感冒一下，不知為何那樣的日子頭腦會特別清醒，好比會隨便亂想，想著不如明天也繼續這樣偷懶下去好了。

這樣的自己當然不會得到他人的認同，可是，如果這樣能讓情緒平靜下來，我覺得偶爾耍廢也不錯。

就這樣渾渾噩噩過了一個禮拜，我上完小組研究，為明天的二次面試做了最後的練習。離開研究室時，手機顯示晚上十點，我快步走過靜悄悄的校園。想著去一下家庭餐廳再回家好了，走向車站的途中，看到一張熟悉的側臉佇立在斑馬線上。

「卡咪。」

我叫了後來就聯絡不上人的她。可是，卡咪沒有回答，表情看起來很無力，空虛地注視著流動的光。我心想，不會吧。在我跑起來的同時，她朝著紅燈邁出腳步。

「喂！」

我在千鈞一髮之際抓住她的手。她一臉回神的表情喃喃說「大志」，眼神渙散，完全沒有聚焦。

那個人當時也是這種心情嗎？我對卡咪說我們走走吧。燈號變綠了，我拉起她的手。

「……對不起，讓你擔心了。」

「沒關係，是我自己要救妳的。」

我們沒有目的地地朝車站的反方向走。彎腰駝背的卡咪低聲吐出：

「要是我說我想去死，大志會笑我嗎？」

「我才笑不出來。」

「說得也是。」

她淡淡地笑了。「我討厭自己。」她望著地面這麼說。

「我以前對千奈美很壞。我因為沒有一個地方贏得了她，就很不講理把氣出在她身上。可是千奈美是個很直率的人，就連我闖的禍，她都一肩扛了自己當壞人。」

卡咪的聲音開始顫抖。

「她太純真了所以總是一個人逞強，要是我當時有好好跟她說話就好了，轉學以後也保持聯絡就好了。不，不對。都怪我當初做了那種事，可是，這些事都已經……」

她在欄杆旁蹲了下來。大概是累壞了吧，眼周有很深的黑眼圈。

「卡咪的男朋友知道妳這麼煩惱嗎？」

她現在很脆弱，請多在她身邊陪陪她。我坐在她旁邊暗自向一個素不相識的人祈求時，卡咪用袖口按住鼻子。

「對不起，那是騙人的，我沒有男朋友。」

「咦？」

卡咪在大學裡總是獨來獨往。她一定是從這些小事開始，總是拒絕追求者們。不知不覺，讓身邊的人對她產生了不好的印象，真不合理。可是，有時候這個社會就是這樣，她漸漸失去了立足之地。

於是有一天，在聚餐時卡咪被人取笑，她就反擊了。

「是他們自己來告白的，我很困擾好不好。」

這句話換個人說或許能開玩笑帶過，可是，在卡咪身上卻沒有效果，大家只覺得她在炫耀。不知何時開始，卡咪這個綽號有了另一種意思，像神（KAMI）一樣臭屁。

「……所以我才說了謊，說自己有個已經在上班的男朋友，我想這樣一切都會平息。也因為這樣，最近情況終於好一點了。」

「要是我知道，就不會叫妳卡咪了。」

「我怎麼好意思說……因為我喜歡大志你啊。」

卡咪開始崩潰般大哭，看著她我覺得一定要說些什麼安慰她——可是，我卻只能看著嗚咽的她。

「我不想被你討厭。要是你發現我一直騙你，我怕我們連朋友都當不成。」

她擦著淚繼續說，「我果然還是沒辦法變成千奈美。」

卡咪壓抑著紊亂的呼吸，勉強露出笑容。

「這一定是報應。我一直想要活得很自我，可是，到頭來連內在都很垃圾的我，一點意義都沒有。ai不見的時候，其實我很高興。我心裡只有卑鄙的念頭，想著只要 ai 消失，我就有理由待在大志身邊了。」
她用嘶啞的聲音頻頻道歉，用指甲抓自己的手臂。
我到底了解卡咪多少呢？
「你可以討厭我沒關係。」
她縮起身子不動了。我對她疲軟的背影說：
「我不會討厭妳的。至少，現在沒有討厭妳。」
我想這是對的。看著她哭泣的臉，我真的是這麼想的。
口袋裡的手機響了，是武田先生。她看了手機螢幕，微微抬頭說「接呀」。
「我是山浦。」
「不好意思這麼晚打擾你。ai 的帳號上傳了照片，我想先通知你一聲。」
電話裡傳來略微興奮的聲音。我連忙打開 ai 的帳號。可是，頁面上什麼都沒有。
「沒有啊。」

「好像是趁我沒注意時刪掉了，早知道我就存起來了。」

「是什麼樣的照片？」

沉默過後，武田先生說是傍晚的公園。我追問：

「照片裡有沒有黃色的鞦韆？」

「這個，我沒看那麼清楚。」

但是，我心中已經有結論了。內心莫名堅信就是那個地方。

「謝謝你特地告訴我。」

「還有，關於千奈美，」武田先生忽然改變話題，語氣聽起來已經平靜下來了。

「她的事我重新想過了，的確令人難以置信，甚至很恐怖。可是，她努力為我打氣是事實，我覺得將這樣的她全盤否定太失禮了。」

聽起來絕對不是客套話——武田先生接著說，「找個時間我們三個見個面吧。然後，請你們告訴我你們遇見的她是個什麼樣的女孩。我想多了解一些。」

掛掉電話後，我站了起來。

ai果然是千奈美。與髮色、年齡和住址都無關，我又再次喜歡上她了。

「大志，怎麼了？」

「卡咪，千奈美還活著。」

她睜大了眼睛。

「真的？」

「真的，ai就是千奈美。」

說到這裡，我發現卡咪的神情放心的同時，也充滿了哀傷。

「為什麼大志這麼想見千奈美？」

因為我覺得，見到她就會知道那時候差一點就能抓住的感覺是什麼。

因為我覺得，這樣我就能再次改變。

「果然大志就是大志啊。」卡咪說。

「無論有沒有千奈美，大志都已經改變了。不管是午餐吃什麼、想去哪家公司或是選擇救了我，這些全都是你自己決定的。不是誰說了什麼，這些都是大志自己做出的選擇。」

「所以你不要去。」卡咪悲切地一再這麼對我說。用微弱的力氣抓住我的衣角、拉住我的身體。

可是，我還是想去見她。耳邊響起那天的耳語。

我沒辦法喜歡你。

對永遠不會老的那個人而言，那句話的意義應該有所不同。裡面到底包含了多少情感？臨別前，她到底在想些什麼？我確定那個人一定在那裡。

卡咪溫柔地靠在我肩上，自言自語般問：

「ai 真的是千奈美嗎？」

「大概吧。」

「你明天就要去？」

「嗯。」

「那你就不能去面試了。」

「嗯。」

「你真的不後悔？」

「嗯。」

片刻寂靜之後，她仰起頭，像是死心般地閉上眼睛。

「我果然比不上千奈美，有這樣一個跟蹤狂這麼愛她。結果我兩次都輸了。」

她放聲大笑。我忍不住問：

「我是不是瘋了？」

「嗯，不正常喔。」

「我變了？」

「變啦。這是大志第一次反對我的意見吧？」

「抱歉我這麼任性。」

「沒關係。我還是喜歡你。」

西裝、面試資料什麼的我都不想管了，我躺在床上打開《寫給妳的祕密》。裡面寫的就是那個人。一這麼想，就連小說裡的句子看起來又不一樣了，不像是在看故事，好像在看日記。

被自由奔放的千里所吸引的由美，便是北見千冬。對她而言，那個人是個什麼樣的存在呢？她們的關係，和故事裡的那兩個人一樣美嗎？

side. 北見千冬

1990-11-20

樹木的景色不斷往後退，在東海道新幹線的首班車上，只聽得見破風之聲。車上只有我們兩個呢——千奈美邊說邊伸長了雙腿。我看著她，接著就倒在座位上大口呼氣。

「千千還好嗎？累不累？」

「嗯，不累。」

我回了否定句。其實我光是坐著，就悶得好像被綁住似的，手腳好沉，讓我明白自己的身體已經衰弱到什麼地步，但我還是裝作若無其事。

「十一月有點冷呢。」

「認識千千已經三個月了嘛。一這麼想，就覺得時間過得好快喔。」

「真的。我好想快點看到妖怪杉喔。」

「嗯，我也好期待。」

她瞇起眼睛對我報以笑容。我露出同意的表情，心裡卻想著別的事。其實我正準備到那裡尋死，等我們到了那個地方，我就要從山崖上跳下去。最好就這樣滾下去，被哪棵樹的樹枝刺死。

到時候，千奈美會有什麼表情呢？一定無法理解吧，因為妳就是這種人。妳說我們是朋友，但我可是一次都沒這麼想過。

這是我對妳的復仇。因為妳帶來了光，亮得太過刺眼，多得令人反感。所以，我要給妳同樣深沉的陰影。

我望著窗外。一隻在遠處飛翔的鳥，高高飛向天空。

◆

「飛不起來的哦？」

那一年的夏末，有人叫住了我。那時候，我正準備從三樓病房陽台跳下去，停車場有一個拿著相機的少女，她一直抬頭看著我，用非常認真的語氣這麼說。

「人是飛不起來的，又不是鳥。」

「我知道。可是，就是因為飛不起來才要飛。」

回音很大。她歪著頭。

「什麼意思？」

「這跟妳無關。」

「……啊，呃。別這樣，不可以！」

她赫然領悟般跑到窗戶正下方，張開雙手像是要接住我。

「好，可以了。」

「……妳很礙事。」

「沒關係。」

「當然有關係。」

不管我怎麼說她都不聽。只是筆直地往上看，一動也不動。

「……好吧。算了。」

我死了心準備回房間，手緊緊抓住欄杆。可是，我的手臂使不上力了，沒辦法把身體抬得更高。可能是因為檢查太累了。「可是，」我尷尬地回頭，對著一臉不解的她敲響欄杆。

「妳要負起責任幫我。」

就這樣認識了三個禮拜，千奈美揮著手喀啦啦拉開病房的門。

「千冬，情況如何？」

「普通吧。既沒有變差，也沒有變好。」

「不是啦，我是說小說。」

千奈美不問我的病情，而是問起小說的進度。桌子旁的稿紙仍是一片空白。我非常喜歡看書，小時候愛看繪本，現在床邊書架上也是整排文庫本。

我對她說我小學的時候想當小說家，她就說：「既然這樣就試試看嘛！」就去買了稿紙。可是，看和寫畢竟是兩回事，我完全沒有靈感，一開頭就寫不下去了。

「怎麼可能馬上就寫得出來。第一次不可能一下子就會寫的。」

「別這麼說嘛。喏，我又帶照片來了。妳可以拿這些來參考！」

床上充滿了鮮豔的色彩。不愧是一直在旅行的人，上面有很多觀光景點以外的照片，每一張都看得出她的用心，就連平凡的風景都特別有氣氛。

「千奈美的照片真的好漂亮喔。」

「嘿嘿，我才剛開始拍照就是了。」

她不好意思地笑了。我很久沒和同年齡的人說話，自然地也跟著笑了起來。她今天也大談自己喜歡的話題，講完就回去了。

在日常生活中，與一個突然出現的隨興少女共度的時間，雖然有種她自己一頭熱的感覺，卻也不差。

◆

「千千，那時候妳為什麼會想跳下去？」

喝著茶的千奈美這樣問我。隧道擋住了山後昇起的朝陽，隧道與隧道的間隔開始變短，讓人確實來到山區的感覺。我看著像箭一般從窗上向後跑的日光燈，這樣回答：

「畢竟醫藥費不是一筆小數目。我弟明年就要考高中了，他應該也想考私校。一樣都是花錢，不如花在活著的人身上。現在我做的不是治療，只是拖時間而已。未來還很長的弟弟，為了很快就要死的姊姊什麼都要放棄，未免太可笑了。」

「千千現在還活著呀。」

「我的意思是，我不想給家裡添麻煩。」

十七歲的秋天，我因為身體不舒服從學校早退了。過了一星期還是全身無力，去醫院做完一堆檢查後才知道，我生病了，而且病情已經很嚴重了，沒有多久好活了。到現在，已經過了兩年。

「所以上次妳才改成居家療養？」

「嗯，那樣比較便宜。比起每天來醫院，我媽應該也比較輕鬆。」

可是，不止那樣，其實，是我想逃避千奈美。她完全不知道，我對她的天真爛漫是怎麼想的。

◆

千奈美今天也把照片擺得整張床都是。嚷嚷著千冬妳看妳看，得意地說起按下快門的那個瞬間。最初我聽得很開心，但後來漸漸笑不出來了，因為我注意到，我們活在不同的地方。

不經意的每一張照片，都明明白白地告訴我這個白色的房間被世界隔離了，不知不覺，這讓我感到很痛苦。

「千奈美，不用再給我看照片了。謝謝。」

我把信封推回去，千奈美愣住了。

「……怎麼了嗎？」

「妳已經給我看了很多了。我很滿足了。」

「咦——。可是我還有很多想介紹給妳的照片啊。」

「我不是這個意思……。總之，從下次起我們說些別的吧。照片以外的。」像是一些可以填補心靈空隙的。

「……嗯。那，我再帶讓千冬開心的東西來。」

不知她有什麼好主意，只見她興高采烈地走了。大約一星期後有人敲病房的門，只見她雙手拿著一個紙袋，高興地舉起來。

「鏘——。這個，是我去旅行買的伴手禮。」

這個舉動並沒有填補我的心，反而挖了一個更深的洞。她深信我會開心不已，興沖沖地一再這麼做。我明明都說不喜歡，明明都拒絕了，我已經到了忍耐的極限了。

「千奈美，拜託。別再這樣了。」

我忍不住大聲了起來。拿著鑰匙圈的千奈美一臉疑惑地眨了眨眼。

「拜託妳不要再這樣了。我知道妳去了一趟很棒的旅行。可是，聽妳說這些我很痛苦。我又沒辦法去，會讓我覺得很空虛。所以不好意思，妳說些別的吧。」

「……可是，我沒有別的可以說的。」

「既然這樣，妳就不用勉強過來。」

請妳回去。我又沒有拜託妳鼓勵我什麼的，明明只要說些白痴無聊的垃圾話一起笑就好了。抓著床單的她，視線飄到床上。

「……是喔，我知道了。對不起。」

她緩緩點頭。要說沒有罪惡感是騙人的，不過，我確實鬆了一口氣。千奈美低著頭離開，接著媽媽就來了，我握著媽媽的手懇求：「媽，我還是想回家。」

就算她來病房，這裡也已經沒有人了。

這樣，她一定就會明白了吧。

◆

我們轉乘在來線，在一個小車站下車。山與山之間的天空白茫茫的，秋風刺骨。我們在班次稀少的候車室等前往登山道的公車。

「千奈美，對不起讓妳背行李。兩人份一定很重吧。」

「不會呀，妳一點都不用介意。是我提議的，而且這沒什麼啦。」

「是嗎？」

「對了，千千，妳說小說妳寫好了？回去一定要讓我看哦！」

「回去以後啦。」

「嗯，就是今天哦，說好囉。」

她不斷地重複確認。之前她說她剛展開環遊日本的旅行，所以也許她留在這裡的時間也不多了。

不過放心吧，就算妳不想看也會看的，我才不會讓妳就這樣走掉。妳以為自己在那裡自我感覺良好？我才不會讓妳稱心如意。

◆

「千奈美來找妳了。」

媽媽這麼說，打開了我房間的門。我吃了一驚，放下正在看的漫畫。

「咦，千奈美嗎？」

「誒，妳們沒約好嗎？」

她應該不知道我換成居家療養才對，可是，也許我曾經在哪裡講過家裡的事。千奈美是自己查了之後找來的。

「……那怎麼辦？千冬，妳今天身體的狀況不太好呢。」

病情緩緩惡化，雖然對日常生活沒有影響，但睡不好和全身無力的日子變多了。早晨的寒冷讓關節和肌肉都會痛。

媽媽看了我的表情，笑著說請她回去好了。我住院之後，媽媽就辭掉工作，一直陪在我身邊照顧我，她表現得很堅強，可是現在就連化妝都掩蓋不了她的疲態。

「沒關係，讓她進來吧。」

好。過了一會兒，千奈美出現了。一邊拉開書桌前的椅子一邊環顧房間。

「好可愛喔，而且好乾淨。」

「是啊，因為我一直沒住在這裡嘛。」

「是喔。」

她應該不是想聊這種閒話，回答也心不在焉，然後上身猛地靠過來。

「我呀，想過我能做什麼了。」

「妳在說什麼？」

我跟妳說喔——這個開場白，讓我有種不祥的預感。

「千冬把妳想做的事告訴我，我會盡力幫忙的。」

頭好痛。她那自信滿滿的表情讓我覺得眼前一片黑。妳到底還要怎樣？我又沒拜託妳。

為什麼妳就是要逼我直視現實？我對純真、白目真的超不耐煩的。千奈美跟我不同，既然不同，各自過不同的日子就好了，拜託不要特地跑到我面前來，展示我們有多不同，真的很令人困擾。

黑暗的情感逐漸湧現。我想到一個很惡毒的計畫可以報復千奈美，誰叫她無論我再怎麼抗拒還是要踐踏我的心。真可笑，原來我還有力氣恨別人呢。我的視線停在書架上，信口開河起來：

「其實，在我死之前有一個無論如何都想去的地方。拜託，帶我去。」

千奈美根本不知道我的意圖，點頭點得頭都快斷了。

「好，我們一起去。千冬——」說到這裡，她突然沉默了。

「怎麼了？」

「……那個，我想拜託妳一件事。」

「嗯。」

「其實，我從來沒有到別人家裡過，妳是我第一個朋友。所以，呃……」說得吞吞吐吐的。只見她大大吸了一口氣，看臉色般抬眼說：「千冬，我可以叫妳千千嗎？」

◆

我站在蔥鬱的樹木列隊迎賓的登山口，並且重新綁好鞋帶。千奈美凝視著霧的盡頭。

「要開始爬了。真的不用休息嗎？」

「嗯，我想快點看到妖怪杉。」

要是坐下來，我怕我會連站起來的力氣都沒有。「千千，加油。」千奈美拍了往前走的我的肩。因為是千冬，所以叫千千，依照這個邏輯，千奈美也叫千千啊，難道她沒發現嗎？

我們要去的地方，有一棵樹齡一千八百年的老樹，人稱妖怪杉。在觀光宣傳上另外有個正式名稱，妖怪杉是一部以此地為背景的小說女主角取的名字。

「取得真好。既特別又有趣，我也對真正的樹很有興趣！」老實說，只要是遠一點的地方哪裡我都不在乎，但千奈美興致勃勃。她三不五時跑到我家，準備必要的行李，調整行程。

我也一再懇求媽媽，她才終於答應讓我外出。也獲得醫院的許可，說如果有人從旁照料可以外出一天沒問題。所以為了能當天來回，早上五點在我家前面集合。千奈美，妳要來接我哦。

我說了這樣的謊。其實我根本沒有問媽媽和醫院，只留了紙條說「我和千奈美出去玩」，就自己溜出來了。

「結果千千在小說寫完之前都不肯給我看！幹麼吊我胃口。」

「別這樣嘛，一口氣看完一定比較精彩呀。」

本來一直寫不下去的小說，卻在我開始計畫這個復仇行動之後，一下子就寫好了，完成的原稿，我故意藏在書架上好讓別人找得到。裡面寫的是千奈美如何擺布我。

書中的人物雖然沒有明文指出，但無論誰來看，都會認為這次旅行是千奈美煽動我的，而我最後會死。看了妖怪杉，我就跳崖結束一切。

這樣就好了，這麼做，對媽媽他們也比較好。比起我自己選擇死亡，憎恨害女兒死於意外的千奈美媽媽會更容易放下這一切。我拒絕了她帶來的光，我已經說過我不要了，可是千奈美不聽，所以我要妳背這個黑鍋。

雜誌上說大約三十分鐘就會到達妖怪杉，但現在看來我一定是辦不到了。我惡狠狠地瞪著崎嶇的路邁出腳步，好叫自己不要氣餒。朝陽從樹木的縫隙間灑下來。

「好美哦。」千奈美說。

可是，我沒有力氣回應她，極度虛弱的身體，裡裡外外都在哀嚎。「太快了，再慢一點。」我喘息的說話聲都啞了。她拍著照輕快地向前。是妳自己說是為了我提議的，不要自己在那裡玩得很高興好不好。

忽然間，我的腳打滑了。鞋底在朝露濡濕的地面沒有踩穩，失去平衡的身體順著重心倒，不顧我的意願往山崖的方向踏。

不妙！我伸手想抓東西卻抓空。腳離了地，已經無技可施了，忽然間我的心情好輕鬆。

就是啊。其實根本不必抵達目的地，此時此刻結束也可以。

我要死了。再幾秒鐘我就要死了。

短短的一生。如果能有來生，我想要有一具強健的身體。

「千千！」

千奈美發現我的異狀後大喊。抓著樹幹朝我撲過來，踮著腳尖伸出手。與她拚命的神情對上眼，於是，我下意識地，抓住了她伸出來的手。

我的肩與腰受到鈍擊。強烈的耳鳴加上無法呼吸，我忍不住蹲了下來。好不容易睜開眼睛，全身痛到扭曲，環顧四周後認出這裡還是登山道，可是，到處都沒看到千奈美。

「千奈美！」

我探頭往斜坡方向看。只見千奈美披頭散髮，臉部朝上倒在再下去一點的地面上。她閉著眼，手腳攤平，動也不動。

怎麼會、怎麼會這樣！

「千奈美！」

我大叫。我一個勁兒叫著不會動的千奈美。這不是我的計畫，誰來告訴我這不是真的。我是看她不順眼，可是，我從來沒想過要她死。求求妳，我不會再繼續這愚蠢的計畫，我會回家的，我會乖乖的。所以，求求妳快醒來。

「千奈美！」

她的眼皮微微地動了，藍色的眼珠朝半空游移。

終於，眼神定在我身上，像平常那樣溫柔地笑了。

我被她拉著手爬上斜坡，不知不覺我們好像已經來到高處，遠遠可以看見迎著陽光的群山。我發現她的腳步不太自然，便分了一點行李來背。超乎想像的重量隨之而來，原來她拿了這麼重的東西。

「千奈美為什麼對我這麼好？」

我忍不住問，她短短答道「因為我們是朋友啊」。

「而且，我答應妳的。」

「答應我？」

「妳說『但是妳要負責』，千千那天本來想跳樓的。我阻止了妳，所以想盡力為妳做些什麼。」

「……千奈美，我那句話不是那個意思。」

「咦，不是嗎？」

她睜大眼睛的樣子好滑稽，我忍不住笑了。所以她才那麼努力，明明就沒有必要那麼拚命啊。

「千奈美真的好笨哦。」

「千、千千生氣了？」

「我沒生氣呀。看，就快到了。我們快走吧！」

我握住她的手，她開心地笑了。

對不起。原來千奈美一直這麼溫柔。

不久，坡道終於結束了，出現了一片寬廣的平地，陽光照射在草木上，既沒有標誌也沒有招牌，但我有預感。抬頭一看，擎天而起的妖怪杉就在那裡，在寂靜中悠然且莊嚴地佇立。

「……哇啊。」

千奈美無聲嘆息，架起相機。

雄偉，就是最佳形容詞。樹的中間部分樹皮都是乾燥的，但是再往上綠意就像爆炸般一直滿到樹梢，風一吹，彷彿樹在叫般的沙沙聲便包圍了寂靜的空間。千奈美好像也很想深呼吸，我們張開雙手呈大字形，相視而笑。

我們在樹根附近坐下，吃著千奈美做的三明治。「好像野餐喔」「才沒有那麼輕鬆呢」，暖洋洋的陽光曬得人很舒服。我笑著撕開了雞蛋三明治，她躺在蘚苔上說：「千千在生病之前是個什麼樣的女生？」

我不覺得這是個冒昧的問題。舌尖感覺著美乃滋的酸味，回溯記憶。

「我朋友滿多的哦？」

「哦。」

「我們會在學校屋頂吃便當，在朋友家裡一直聊天聊到天黑，做學園祭的東西做到超過放學時間，整晚都留在學校裡做。」

「聽起來好好玩喔。」

「嗯，和朋友在一起的時候最開心了。巴不得下課時間趕快到，根本沒有在認真上課。」

她說了聲這樣啊，接著閉上眼睛。「那，」她淺淺地笑了。

「有沒有喜歡的人？」

「有。」

「是什麼樣的人？」

「三年級的棒球社學長，是學校的風雲人物。不是我吹牛，我也是有點桃花的，不過我全都拒絕了。結果朋友幫我到三年級的教室探口風，沒想到學長也很注意我，然後……」

然後，我就住院了。和朋友也沒有聯絡了。「那，我再來看妳」的約定，漸漸淪為形式。我受不了她們小心翼翼地對待我，所以選擇了獨處。

「……如果可以，真希望和大家一樣的日子能再久一點。」

想多體會一下普通日子的幸福。

千奈美一臉正經地沉思著。說聲好，然後精神抖擻地站起來，俐落地收拾垃圾。

「那，我們回家吧。」

千奈美總是很開朗，我想她一定是對每個人都一樣，和我有沒有生病無關。我突然覺得她背起背包的背影惹人憐愛。

「……怎麼了？」

我摸了摸她的頭髮，她顯得很吃驚。

「沒事，走吧。」

我們手牽手，返回來時的路。回頭看，還看得到妖怪杉，青綠色的草木在風中搖曳，景色悠然。這一切，在下一秒就突然嚴重扭曲。我猜是貧血而想停下來的腳絆住了。平衡感在晃動中紊亂，地面以慢動作接近。

等等，拜託再撐一下，不然千奈美真的會變成壞人。不是的，是我欺騙了我自己。不是「我想活下去」。我還是——

記憶中的景色很眼熟，模糊的視野漸漸清晰，我緊緊抓住護欄，腳底涼涼的，我用力閉上眼睛。在這種地方被看見才真的丟臉死了。我祈禱沒有別的人從停車場抬頭看。

剛才那個女生是怎樣？如果是裝作沒看見，或是勸我不要衝動，我還能理解。可是，站在正下方說「可以了」是怎樣？

病房的門開了，喘著氣的她不顧一切跑過來，用力拉住我的手。我被她的力氣拉動，跌在陽台上。我因為感覺到地面而安心，倒在地上抬頭看著她，她的表情一副隨時會哭出來的樣子。

為什麼她反而比我難過？害我很想開玩笑。我想逗她笑，就搞笑說：「好險。其實一直到剛剛，我都在想搞不好我真的飛得起來。」

有一小點的光射進來，光暈漸漸擴大，整面黑暗變得白白的。好亮！我明明閉著眼睛卻覺得好刺眼。明明刺眼得不得了，卻不知哪根筋不對硬是要睜開眼，結果更亮的光線射進來。等眼睛適應了，能看得見景色時，眼前出現的是一片藍天。

「千千。」

我看到一張令人懷念的臉，感覺變得越來越鮮明，淚水滾落雙頰。

我還活著。我的人生，還有後續。

「千奈美，來這邊。」

「咦？」

「拜託。」

我把她的手拉過來，細細的手指纏住我的脖子，無法呼吸，身體的感覺漸漸遲鈍。到了快失去意識的時候，我才終於把她的手拿開。失去平衡的千奈美疊在我身上。

冰冷的空氣灌滿了肺，感覺心跳又回來了。我的眼淚又奪眶而出，止不住地流下來。我的手繞到她背上，用力抱緊她。

「……千千。」

「千奈美，我還是想活下去。」

我就是這麼覺得，沒有為什麼，我打從心底祈求。如果真的想死，我那天就可以死了。只要在千奈美跑到病房之前，鬆開抓住護欄的手就行了。

活著真的好痛苦，可是，我還是想活著。無論是傷害了家人、朋友還是什麼人，我就是想待在這個世界，我想自由任性地過。

「千千，我可以說一些過分的話嗎？」

耳邊響起話聲。千奈美的小手摸著我的頭。

「我不希望千千放棄。妳說妳想活下去，那麼就算很辛苦，我也不願意看到妳認輸。千千的痛苦、糾結，雖然我都不懂。我知道我這樣很任性。」

她的語氣很溫柔。

「可是，請妳別再想尋死了。」

她擁抱著我的溫柔力量，告訴我我就在這裡。

有光才有影子。

有影子才有光。

其實我一直，一直都想要活下去。

我從睡夢中醒來，微微睜眼。只見車廂內映照的夕陽，平穩的振動從座椅傳過來，簡直像在作夢。

「千千，妳醒著嗎？」

「……」

我背對著她，聽著她的自白。不知是太陽的顏色，還是閉上的眼皮的顏色，視野是橘色的。

「我必須離開了。能和千千在一起，我很開心。因為這是我第一次和人去旅行，我很緊張，怕會不順利。」

要是我跟妳說我才出生一年，妳會笑我嗎？她半開玩笑地說。

「我還很不習慣說話，每個遇見我的人都討厭我，我開始覺得我不可能和人相處。所以我很高興，能和妳一起說話、一起笑。千千，妳幫了我好多好多。」

才不是。受到幫助的是我呀。

「……可是，時間已經到了。我必須去拍攝我還沒見過的景色、人們，還有我應該記錄下來的一切。」

千奈美心裡很清楚。她接受自己的不足，接受繼續受傷的命運，仍打算走下去。不為別的，而是為了她自己。

「我不會忘記，」

她以確切的聲音繼續說。我覺得，她果然很堅強。

「我的第一個朋友。我永遠都不會忘記千千的。」

我只是努力忍住差點奪眶而出的眼淚。

好讓千奈美能夠毫不留戀地踏上旅程。

「到了。」

「到了啊。」

我們在家門口把行李放下，目送計程車離開。站在馬路正中央，有電車的聲音，樹葉沙沙作響，孩子們玩遊戲的聲音，這就是日常的市鎮景色，比平常更美的市鎮。

「千千，我玩得很開心。」

「我也是。」

她拿起背包。告別的時刻就要來臨，我想起一件事。

「對了，妳可能忘了。」

「什麼？」

「小說。」

「啊！」

千奈美把東西一扔。

「對喔。我要看了再走。」

「還是不能讓妳看。」

「咦！為什麼？」

「……因為整體我還是不太滿意，我想重寫。所以不能給千奈美看。妳不是必須走了嗎？」

千奈美掃興地說「是沒錯」。

「不過，」我發誓。「希望妳等我，我會努力的。我要把我剩下的時間全部都用來寫小說，讓妳無論在哪裡都看得到。所以，要是千奈美找得到，到時候妳要仔細看。」

「妳是說……」

「……不過，沒辦法聽到妳的感想很遺憾就是了。」

千奈美微微搖頭，然後抱住我小聲說：「我相信妳，我會等的。我會一直等，多久我都會等的。」

她拿起相機，又按了一次快門。接著背起行李，她望著我越走越遠。兩個人的距離漸漸拉開。

「我很期待哦！」

千奈美這樣大喊後，終於面向前方走了。一步，又一步，搖晃著頭髮的背影越來越小。

「千奈美！」我發出沙啞的、難聽的聲音大喊著。

「保重！」她停下腳步，用力揮手。

我想，她多半在笑。影子緩緩地融入景色中，最後，再怎麼凝視細看都看不見她的背影了。

天亮了。我從床上坐起來，伸出沉重的手，從書架上抽出原稿，直接丟進垃圾桶，然後我問自己，有沒有完成故事的強烈意志，有沒有為此用掉餘生的決心。

我想誠實面對自己，承認想活下去太空虛。這世上的光輝燦爛我幾乎絕大部分都碰不到，我就要消失了，無論如何我都無法違抗這樣的命運。我最後會怎樣離開呢？想到就讓我好害怕死亡。可是，正因如此我更要寫，更要留下來。就像千奈美將一切拍成照片，我要以文字寫下我的情感、我的思緒。

我把小桌子拉過來，打開沒有半點折痕的稿紙。一個一切都尚未開始的故事，一個純白的世界在等著我。

其實，人是飛得起來的，就看妳的心。光憑這樣，我就哪裡都能去，甚至是沒有人見過的遙遠的國度。

「妳要等我哦。」

我現在要寫的是紀實小說，只顧著追劇情會看不懂我們的故事。這世上唯一一個、和我共度同一段時光的人，千奈美，是她讓我下定了決心。

所以，這是一封信，一封給她的信。我想到一個標題，接著握住鉛筆，獻給笨拙、纖細又天真爛漫，與我相交短短數月的好友。

我會再去找千奈美的，只是那時候我不在這個世界了。

我寫下第一個字，故事即將展開。在柔和的日光中，我確實活過。

叔叔：

有段時間沒有聯絡了。

我大致習慣這種生活了。

生命，終有盡頭。

我自以為我明白，可是，其實沒有那麼簡單。我的時光流逝與任何人都不同，而我，能夠正向面對嗎？

也許，就像叔叔說的。

也許我應該裝作沒看見。

可是，我也想相信自己能夠與人心靈相通。

我不是人。可是我還是想和人一起走。

千奈美

一九九〇年十一月二十八日（星期三）

side. No.06742311-2

1989-08-14

海風撫上臉頰，海鳥在空中啼叫。引擎作響、破浪駛入早晨大海的漁船前方，出現了一座小島。我抓住扶手站起來，對船長叫道：

「不好意思，讓您特別送我過去。」

「只是捕魚順便而已，別放在心上。不然枯等三個鐘頭也太可憐了。」

「以前渡輪比較多。」

「哦，原來妳有朋友住過這裡啊？」

「……是啊。」

船漸漸放慢速度，白浪拍打的防波堤之後，出現了熟悉的碼頭。真懷念，我離開這座島踏上旅程，已經過了將近三十年了。

我想起，剛出生的我，在這裡度過的最初時光。

◆

感覺到光而睜開眼睛，眼前是天空。細小的顆粒沿著舉起的手滑落，我躺在沙上，反射了日出陽光的海水很鹹，於是我知道這裡是海。

「妳就是繼任者嗎?」

先是有人說話的聲音,然後有人從防風林中出現。規律的步幅加上英挺的姿勢,刻劃在額頭上的深深皺紋,外貌和我聽說的一模一樣。我行了一禮。

「您好。以後要麻煩您照顧了。」

「哦,我才要請妳多指教。」

眉毛連動都沒動的男子這麼說,然後轉身便走,大概是叫我跟著他吧。我連忙跟上去。

前任的家,在小鎮邊緣的懸崖上,植物茂密的碎石路上,鳥叫聲不絕。我被帶到木屋裡的昏暗客廳,在沙發上等了一會兒,前任從書房出來了,將一個皮製的側背包放在我腿上。

「打開來看看。」

包包裡是一台銀色的膠卷相機。「這是妳的記錄裝置。」前任一邊往椅子上坐一邊說。我將相機放在手心按了一下快門,便發出一聲卡嚓。

「千萬別弄丟了。雖然外表做成相機來掩護,但對這個星球而言,依舊是太過先進的科技。」

「是，我會小心的。」

其實我自己才比記錄裝置特殊得多。

「……妳在笑什麼？」

「我笑了嗎？」

「笑得很差勁。」

我不禁掩住嘴巴。相機般的裝置失去支撐，從腿上掉到地上。此時，聽到上方傳來一聲嘆息。

「真叫人擔心。」

「……對不起。」

我得好好表現。不然這個樣子，實在沒辦法勝任繼任。

因為我是為了觀測這個星球才來到這裡的。

「研究者」對飄浮在數億光年邊境這顆名為地球的行星，似乎不怎麼重視。前任語帶嘲諷地說「因為我們是便宜貨」。

「您怎麼知道？」

「因為我們的身體是用不會劣化的材料湊合著做的。」

「那不是反而更好嗎？」

「只是再怎麼用都不會壞，方便而已。當然，還是需要進食、維持機能的休息。」

前任瞪著映在窗戶上的人影，以沒有抑揚頓挫的語調繼續說。

「話雖如此，人類要看穿我們是不可能的。地球和研究者之間，在科技上有無法跨越的差距。」

「……大概差多少呢？」

「如果研究者是人類的話，人類頂多是昆蟲。」

前任遠望著某處，非常冷漠地回答。

我那台偽裝成單眼相機的裝置，按一次快門所記錄的資訊非常多。雖具有膠卷相機的功能，但對焦和曝光很難調整，我需要不斷嘗試。前任擋在我的觀景窗前，他以極其正經的語氣說聲「那麼」，再度向我確認我們的存在意義。

「聽好了，妳的記錄對象有兩個。一個是地球的風景，一個是地球的支配生物——人類的生態。這個星球資源貧瘠，生物整體的智能水準也很低。如果說還有什麼對研究者來說是有價值的，那就是——」

「感情。」

我為了強調我已理解，所以與前任同時說出了這兩個字。依照我事先看過的資料，收集感情的理由是「因為人類很愚蠢」。

沒錯。前任微微點頭。

「與地球智能相當的其他星球，生物不會被感情或同等的精神活動影響，無論哪個社會都平穩安定，井然有序。相較之下，這裡很糟，無論技術再進步都無法真正學習，最終還是會重蹈覆轍。我想，在研究者眼裡，地球大概就像個不入流的馬戲團吧，竟然到現在都沒發現自己的愚蠢。」

就是低等。

前任站了起來，然後說：「明天要到鎮上去，做好準備」便關上了書房的門。我決定叫他「叔叔」，雖然不算是無關的人，但也沒有像父女般親近。所以，我相信這是最恰當的稱呼。

叔叔指著路上各處不停地問我：

「那是什麼樹？」

「松樹。」

「那個標誌呢？」

「速限三十公里。」

「那個呢？」

「快倒店的超市。」

「絕對不能在別人面前說『快倒店』。」

承接自叔叔的記憶沒有異常。應該記錄的風景、語言規則、貨幣的使用方式和如何製造身分證等等，有了這些基礎知識，日常生活應該就沒有問題了。

只是，並不是所有的記憶都可以直接運用。

「不是那樣，要笑得更開心一點。」

叔叔把我的兩頰往上拉。我用比想像高零點五公分的嘴角，向錯身而過的女人點頭。「您女兒嗎？」「不，是我姪女來玩。」交談幾句後再度往前走。

「以後妳至少要這樣笑。」

「比叔叔誇張呢。」

「因為妳外表很年輕，有點誇張才剛好。」

「遵命。」

我的回答，讓叔叔的臉色沉了下來。

「有時候妳的用詞會令人感到突兀，或許是被我的說話方式影響了。我會提醒妳的，但妳自己也要注意。」

「是，遵命。」

「不是遵命，是我·知·道·了。」

「我知道了。」

「或者是，好的。」

「好的。」

我重複他的話，叔叔指著我的鼻子，耐心教導般說——

妳是個十七歲的女孩子。

「妳和我之所以外表是人形，是為了要融入人的生態。理所當然地，人對人會展現最豐富的感情，所以，我們要越像人越好。」

叔叔說等回到家就練習做菜吧。先從簡單的開始，所以第一個作業是奶油燉菜。因為有事先接收的記憶，所以我知道做法，但在叔叔經驗重於知識的方針下，我抱著整袋的食材。

「為什麼研究者不把我和叔叔做成同樣的外表？這麼一來，要修正的個體差異就少很多了。」

我的外表是女性型，有白皙柔滑的肌膚，微微鼓起的胸部，髮色也是淺淺的，身體微微擺動頭髮就會跟著飄動。以人類的標準而言，應該是五官端正又討人喜歡的類型吧。可是，正因如此，很多事情很難直接向男性型的叔叔學。

「不，妳的性別是我決定的。無論送什麼報告回去研究者都沒有反應，只批准了『希望繼任者是女性型』這項申請。」

「為什麼您希望我是女性型呢？」

「妳想想看。假如我們出聲叫他們，妳和我，他們會對誰比較不設防？」

叔叔指的是正在地上畫圓跳著玩的小朋友。我試著想像那個狀況，考慮了身高、印象等種種條件，我想應該是我比較自然。

「沒錯。換句話說，妳最適合。」

「噢。」

我的回覆隨便到讓我不敢相信那是從我嘴裡發出來的。

「……但相對的，妳的個性好像對很多事容易膩。」

看我抬頭看飛機雲，叔叔受不了嘆了一口氣。

來到這個地方已經一個禮拜，我明白了幾件事。我的「十七歲女孩」模樣，是研究者依叔叔的報告隨便塑造的，而相當於「個性」的部分，下意識地支配著我所有的行動和行為。叔叔把我的行為舉動形容為，好奇心強但注意力散漫。

例如，我說了這種話：

「我在咖哩裡加了巧克力提味。如何，好吃嗎？」

「啊！我忘了晾衣服。」

「可以去屋頂嗎？聽說今天可以看到流星群。」

「對不起，鍋子裡的湯汁溢出來焦掉了……」

對任何事我都無比好奇，不關心的事物我就漠不關心，問我為什麼，我也答不上來。「颱風要來了，真叫人興奮。」我笑著在窗上釘夾板那天，叔叔一臉訝異地看我。

感情也有名字，興奮也是其中之一，如果是比較單純的，我也辨別得出來。可是，正因為事情不是這麼簡單，我才會來這裡當觀測者。一旦真正開始調查，會遇見多少複雜的感情呢？在我們照例從超市回來的路上，叔叔正色告訴我：

「妳天真無邪的個性，往好的方面看可說是適合社交。這一點應該善加利用，妳要特別注重與人的溝通，不像我太過理性，對這方面不太擅長。」

「的確，叔叔收集了好多風景。」

叔叔在一九〇〇年代前半開始走訪各地，記錄了很多風景，但與人的交流卻很少，所以沒什麼機會接觸他們的感情。這一定也是叔叔申請女性型的原因之一吧。

我對自己遲鈍破表的個性很過意不去，但我不想辜負叔叔的期待。我抬頭看著海的另一端，那是我即將展開旅程的方向。叔叔和我所在的這個地區，是由幾個大島和數千個小島所構成的島國。

「對了，我們有其他同伴嗎？」

「這我就不清楚了，至少這一帶是妳和我負責的。如果妳是指全世界的話，我和他們無法取得聯絡，無從得知。」

好隨便的答案。看我一臉失望，叔叔也只能聳聳肩。

「所以我不是說了嗎。地球真的是個不受重視的行星啊。」

我們離開柏油路，爬上沒有鋪路的坡道。在半空中交錯的矮樹與熱帶植物密集的隧道像個通往祕密的入口，這個地方是我很喜歡的地點。就在快看到木屋的地方，不經意往腳邊一看，有個茶色的東西掉落在側溝邊緣。我走過去仔細看，看到一個正在蠕動的東西，眼睛緊閉，小小的喙，微微顫抖的濕羽毛，確認是生物無誤。

「是麻雀的幼鳥。大概是從鳥巢掉下來，被父母放生了。」

叔叔這樣說明完便大步離開了。我看看他漸漸離去的背影又看看小鳥，叫道：「叔叔，我想養這隻小鳥。」

「妳自己的事都忙不過來了。」

「可是，這也是經驗吧？拜託，我會好好照顧的。」

我覺得叔叔眉間的紋路好像變深了。

「隨便妳。」叔叔留下這句話就進去了。我把小鳥包起來匆匆趕回家，得先給牠溫暖才行。

我和叔叔說好了，養小鳥這件事不能影響我身為觀測者的學習，全部都得我一個人照顧。我拉出紙箱做巢，叔叔連看也不看一眼。

「叔叔討厭啾啾嗎？」

「什麼啾啾？」

「我給牠取的名字。」

「不能隨便給東西取名字。」

「可是又不能叫牠麻雀。」

等待家完成的啾啾，在毛毯上活潑地叫著。叔叔故意大聲翻開報紙，冷冷地說：

「我不討厭小鳥。只是和我無關而已。」

「叔叔好冷漠喔。」

「是妳說要自己照顧的。」

電視節目表擋住了他皺起眉頭的臉。我學在超市看過的小朋友，對叔叔鼓起臉頰。

養小鳥比我想的還耗神。小鳥一挨餓身體就立刻變差，所以我每天早上六點起床，每隔一小時餵食一次。沒有活力的時候，在巢箱上蓋毛毯，用檯燈照著保暖，到晚上我會就著這盞燈讀書。

開始適應有啾啾的生活後的某一天，我把玄關中被風雨打落的枝葉掃乾淨，正要準備午飯。我想趁鍋子還在燒水時給啾啾做吃的，打開冰箱，這才發現罐頭沒了。

「啊，糟糕。」

因為罐頭很有營養，更重要的是啾啾吃得很香，所以我常會混在飼料裡給牠吃，但上週用完了。我一邊道歉一邊餵了普通的飼料給啾啾。和從書房走出來的叔叔一起吃著麵線時，我鼓起勇氣問：

「叔叔，我可以自己去買東西嗎？」

叔叔停下拿著筷子的手，默默點頭。我把餐具放進水槽泡水，緊張地收下叔叔給的錢，對叔叔「一定要小心」的叮嚀大大應了一聲是。於是，我有生以來第一次，單獨走進外面的世界。

水窪倒映著一片藍天，露水在葉梢閃著七彩光芒。雨後的小鎮多彩多姿，聽著重拾活力的蟬兒們大聲合唱，我大步走向超市。

「您好！」

「哎呀，妳今天一個人呀。」

「對！我是來買鳥飼料的。還有，有沒有推薦什麼魚呢？晚飯不知道要煮什麼，好猶豫。」

店員阿姨不知為何睜大了眼睛僵在那裡。

「怎麼了嗎？」

「……啊，對不起，沒什麼。因為妳平常不太說話，我一直以為妳很內向。」

也許是因為我平常都是跟在叔叔身後，才會讓她這樣覺得。「我看看，今天的話，黃鰭鮪魚應該不錯。」阿姨笑瞇瞇地回答我，我的嘴角也自然上揚。

「對了，有店長進貨剩下的麵包，等等我送妳一些。」「哇啊，謝謝！」

「對對對，我想問問妳的意見，我兒子說他想去搞音樂。」「哦。」「結果和他爸爸吵起來。妳覺得呢？島上很少有跟我兒子年紀差不多的女生，所以我想問問妳的意見。我是覺得他愛做什麼就讓他去……」

聽著她講著她家裡的事的期間，她送我的東西越來越多都堆成山了。看我搬著多到連路都看不見的東西回家，叔叔一臉驚訝地出來接我，那前所未見的表情，讓我有點得意。

從此，我就帶著記錄裝置在島上探險。藏在山裡的祠堂、開在崖下的野花，稍微走出去就會有很多發現。我想看、想知道，這些求知欲無窮無盡地湧現，促使我隨興亂跑。

「妳最近很活躍啊。」

「嗯，因為很好玩。」

變得圓滾滾的啾啾在窗邊打盹，我對牠按下「單眼相機」的快門。我還是不太會拍，但我喜歡能夠留住景色的照片。一天天成長的啾啾羽毛差不多長齊了，會在屋子裡到處玩耍了。

「妳做好心理準備了嗎？」

「什麼的準備？」

「小鳥離巢的時期就快到了。妳就再也見不到牠了。」

啾啾在叔叔的話聲中飛起，穿過觀葉植物的縫隙笨拙地飛回來，落在我肩上得意地抖抖翅膀。我轉頭與牠對看。「不要緊，我不會難過的。」我們是要去看陌生的景色，如果是為此而道別，沒有什麼好怕的。

「叔叔，等啾啾離巢了，我也一起出發好不好？我想我也累積了很多經驗。可以一個人獨立了。」

「……也好。」

緩緩點頭的叔叔，親自做了很久沒做的晚飯。我的冒險終於得到許可了，我滿懷期待在興奮中入睡。

第二天早上，我照例準時六點醒來。今天正好是在叔叔家生活滿兩個月的日子。

「早呀，啾啾。」

我朝移到架上的巢箱說。去廚房舀了一點雜糧回來，撒在巢箱前。每天只要這麼做，啾啾就會精神抖擻地探出頭來。

可是，當天不知為何沒有反應。我踮起腳尖看，紙箱裡是空的。我到處移動家裡的家具，被聲音吵醒的叔叔問了我原因，臉色沉重。

到底找了多久呢？我在客廳的沙發後面，找到了身體變冷的啾啾。我花了好一陣子，才認識到這是「死亡」。

叔叔拿著酒精提燈走在前方，我跟著他來到深夜的海岸。沙灘上的海浪聲格外響亮，我默默將鏟子插進沙裡。

「妳幫小鳥取名字的時候，我就擔心會有這種事。」叔叔的聲音從我後方傳來。

「死亡是平等的。超市架上的雞肉、掉在地上的蟬，同樣都是結束了生命，這是不變的事實。可是，妳卻只特別悼念這隻小鳥，這是因為，妳們的親近讓生命有了意義。」

我不斷地挖。在挖得太大的洞裡，放進又輕又稚嫩的身體。

「有意義的生命在妳心裡占了重要的位置，最後恐怕會影響妳的思考和行動。我們身為觀測者，不需要親近，以後不要對別人懷有過度的興趣。妳將會遇見無數人，經歷無數別離，要是每次都被綁住，時間再多也不夠。」

我被叔叔拉著，離開了海邊。才走了十步，啾啾的墓就被黑暗吞沒，再次回頭時，連在哪裡都看不出來了。

又過了兩週。要是啾啾還活著，應該已經離巢了吧，可是，我還在島上。我不能再慢吞吞的了。我以繼任者的身分來到這裡，是因為叔叔即將結束他的任務。在停止運作被送回研究者身邊之前，我想讓他看到我可以勝任他的工作，讓他放心。更重要的是，我想盡可能延長他最後的這段時間。

心裡明明這麼想，我今天卻又眼睜睜看著最後一班渡輪離開。我拖著沉重的腳步爬上坡，打開空無一人的書房。每天早上送我出門，提著一人份的購物袋回到家，就看到我在。我一定讓叔叔很失望吧。我在椅子上抱起膝蓋，真想消失算了。

我自責到累了，空虛地環顧室內。叔叔的屋裡有一整面牆都是已掃描完畢的報紙剪貼和明信片，光看就能清楚地明白人類的發展和時光的偏移。這些動溫的歲月，叔叔都是獨自一人觀測的。我這個樣子，真的夠格當叔叔的繼任者嗎？我搖搖晃晃地想走出書房，包包卻勾到架子，瞬間有東西掉到地上。

糟了！回頭一看，無數個信封散落在地上。我趕緊撿起來整理好的時候，看到從信封裡露出來的一張信紙，上面圓潤的筆跡引起我的注意，我不禁接著看下去。

「最近，我常夢見你。說也奇怪，明明只是和你通信，我卻能想像出你的長相、聲音和說話方式，即使在夢中也知道那就是你。如果可以，我想當面和你說說話，到時候，無論你是什麼樣子，我一定都能立刻認出你來。」

這是女人寫的信。這些叔叔沒有教我的對話彷彿是種動力，催促我去看其他封信的內容。

這些是什麼呢？我手上的信，每一封都流露出同樣的感情。我不知道那是什麼，明明是很直接的情感卻又不規則，但是想要傳達的都是同一件事。這是……

「妳在做什麼？」

從門的方向傳來的聲音讓我回過神來，我身邊早已堆滿信紙。一隻大手拿走了我正要打開的最後一封信，看了信封後，叔叔嘆了一口長氣，死心般說：

「是啊，是必須好好告訴妳了。」

「我是在四十多年前遇見她的。我被發派到這裡之後不久，在某都市的報社上班。事情的開端，是我那天工作到很晚，從歹徒手中救了她。」

白熾燈照亮了躺在戶外躺椅上的叔叔。黑夜降臨在島上。

「我沒告訴她我是誰就離開了，但是她憑著背影找到了我的工作地點，還寫信來。我回信之後，我們便開始通信。她出身於西方的某個世家，告訴我很多很珍奇的生活情狀。」

每一封信越接近尾聲，就越溫婉。「希望能再收到你的回信。」含蓄的筆調中，有更甚於文字的什麼。

「……這個人的感情，叫作什麼？」

我實在無法不問。叔叔對我的問題皺起眉頭，在一段很長的沉默之後回答我，是愛。好貼切的一個答案，看起來明明很複雜，卻一個詞就能表達，讓我很意外。

在通信的過程中，這個女人「喜歡」上了叔叔。從文字中都能感覺到這麼鮮明的感情，叔叔是怎麼面對的呢？我懷著期待接著問。可是，叔叔卻嗤笑說「什麼也沒有」，把剛才拿走的那個信封遞給我。

「妳看吧。這是她寄來的最後一封信。」

我撕開銀色貼紙取出信紙。張數不多，看來是很普通的對話。

「我們到底通了多少封信了呢？明明幾乎形同陌生人，如今我卻覺得對你無所不知，但願你也是這樣，不是只有我。很期待下下週能前去拜訪，因為我想見到你，有話想直接和你說。」

「……後來有見面嗎？叔叔見了她，到底說了什麼？」

「不，我們沒見面。」

「為什麼？」

「因為開始打仗了。」

好冰冷的一個答案。

「之前就有開戰的預兆，一旦成真時，這個國家就陷入了超乎想像的混亂。或許我有不只一個方法可以待在她身邊，但更重要的是，戰爭正是記錄人類生態絕無僅有的好機會。」

原來叔叔選擇完成身為觀測者的使命。

「可是，戰爭結束了啊，可以再去找她呀。」

「沒辦法。在終戰前六天，她的寄件住址所在的房子消失了，連形跡都不留。」

我倒抽了一口氣，想起書房裡的資料。就在八月，這個國家被烙下的兩大傷痕，至今仍被視為慘劇的象徵。

「我寄了好幾封信都沒有回音，連她在哪裡、是不是還活著都不知道。不過現在，我倒覺得這樣也好。」

叔叔看著我問：「要是她活著，知道了她的所在，又能如何？數十年之後與不會老的我重逢，知道我其實不是人類，她會怎麼想？我們打從一開始，就不能與人類有深入的關係。」

這是叔叔從現實中導出的答案。

「沒有必要主動選擇能夠避免的悲傷，只要裝作心意相通就夠了。只要一直裝到告別，對對方而言都是真實的。」

我默默歸還了信封。直到今天，叔叔都是這麼想的嗎？我實在不敢想像。

在床上聽著擺鐘的聲響，我開始思考自己的將來。

我想叔叔說的一定是對的，如果心軟弱到無法承受離別，那麼最好從一開始就不要親近，這點我很清楚，雖然很清楚，剛才看過的信卻一直盤踞在我的腦海。我想得到更多的選擇，可是卻覺得沒有一個是正確的。

我溜出家裡，在海浪聲的引導下，自然而然走向沙灘。溫熱的風吹著防風林，我在隆起的土堆前跪下，輕輕閉上眼睛，雙手合十。

「啾啾，你說我該怎麼辦才好？」

為了利用人而跟他們接觸太虛假了。如果這才是觀測者應該有的樣子，那麼那個女人信中的「愛」，和叔叔的「悲傷」，不過都是一場空而已。

——是妳說願意自己照顧的。

腦海中響起叔叔的聲音，我想起撿到啾啾時牠的體溫。彷彿被點醒般，鮮明的日子一一浮現。

我徹夜不眠，看著牠發抖的身體；單獨外出時的雨後繽紛和閃耀；叔叔看到超市阿姨送我的東西睜大眼的表情；佇立在清晨中的寂靜。我能夠說，這一切都沒有意義嗎？

「……啾啾，謝謝你。」

我拿出照片，靜靜豎在墓上。

「再見，下次見。」

我輕聲低語，覺得好像明白了什麼。

黎明照亮了地平線。我和叔叔在一彎蒼白的朝陽碼頭上，等候出發的時刻到來。

「妳終於要出發了。」

「嗯。」

我把清澈冷冽的空氣吸得飽飽的，在寂寞蓋過分離之前，有一件事我必須告訴叔叔。

「叔叔，我還是想試著和人一起活著。」

我對著叔叔沒有反應的冷漠表情繼續說。

「如果沒有把啾啾撿回家，我也不會這麼迷惘。可是，因為有啾啾，我有了很多經歷。和人建立了深入的關係，最後也許只有悲傷，可是我不希望讓自己度過的時間也變成虛假的。」

心痛，就是心曾經相通的證明。

「我不想逃避。我想好好承受痛楚，在痛楚之上繼續前進。」

因為，離別一定不只是再見。

我看到海上的渡輪了。叔叔像是覺得刺眼般瞇起眼睛。

「……看來，我沒什麼好教妳的了。」

叔叔緩緩從胸前口袋抽出一張便條紙，一邊遞給我一邊說：

「最後，給妳一個名字吧。」

紙條上，是五個字跡清晰的字。

這就是，我的名字。

「我們是仿造品（imitation），再怎麼逼真都不會變成人。但是，妳擁有如此純真的意志，也許可以走到比我更遙遠的地方。」

「幫我取名字沒關係嗎？」

「這次例外。」

叔叔頭一次笑了，完成使命的表情讓我好感動。海灣裡響起了汽笛聲。

「去吧。去親身證明妳的想法。」

◆

「謝謝。」

我從靠岸的船緣跳上碼頭。船長操舵，一邊迴轉一邊舉起手。

「要小心啊！小姑娘！」

我向他揮揮手，用跟那天一樣的高揚嘴角目送船離去，走上令人懷念的路。已經找不到啾啾的墓了，鎮上也沒什麼人，遇見的都是老人。

我的觀測之旅結束了。拜交通工具快速發展所賜，我能夠很有效率地記錄人的生態。叔叔沒拍到的風景我也都拍了，這個行星、這個地區的探索已順利完成。再來，只要等待臨終。

家門前早已完全變了樣。我撥開肆意生長的雜草走到玄關，穿過結了蜘蛛網的走廊。在客廳放下行李，我慢慢推開書房的門。

「叔叔。」

當然，裡面空無一人。東西的位置有一點點改變，看得出在我出發後仍有過生活的痕跡。結束觀測的個體，消失後不會留下任何技術的痕跡。叔叔當時在做什麼呢？我環顧房間正猜想的時候，背後有個小小的聲響。架上是我寫給叔叔的信，原來是信封倒了。

我每遇見一個人，就會寫信給叔叔。這裡的信封只到某個日期，可見得叔叔是那個時候消失的。我拿起信封，發現不太對勁。裡面夾了一張陌生的咖啡色信紙，收件人是叔叔的筆跡，寫的是我的名字。

「千奈美：

妳可以把這封信當作遺書。即使是現在，我依然不認為妳的想法都是對的。但是，我對妳的純真感到羨慕是事實。所以我決定真心面對。」

文章還沒有完。

「我現在就要去見她。無論最後結果如何，我都想對說謊欺騙的日子做個了結。我承認，我編出許多理由來搪塞，但我確實是『愛』著那個人、『戀』著那個人。妳的意志不過是理想。然而，越是不完整卻越有說服力。儘管妳是個仿造品。」

「好像真正的人……」

回過神來時，我出聲這麼說著。那時的我很純真，什麼都不怕，一心相信無限的可能。要是他看到現在的我，會說什麼呢？但我還是必須去。

我整理房子整理到半夜，在沙發上打開電腦。上傳一張照片，過了五分鐘便刪掉。我想這是不可能發生的奇蹟。可是，如果發生了，我便別無所求。

我祈禱著閉上眼睛。長達數十年的旅程，化為舒適的疲累引導我入眠。明天就是最後了，我的旅程，即將就此真正結束。

side. 伊藤千奈美

2018-06-18

飛機起飛了，飛得比剛才啼叫的海鳥更高。緩緩回旋，在上軌道之前，眼底可見無數的屋頂。各種建築物造物越來越小。我搭中午過後的渡輪從島上出發，從唯一留下的相機盒中取出信紙，模仿叔叔的遺言。

也許，那天的決心依舊只是虛有其表。我是研究者製造出來的，行動應該都是計算好的，為了更受人喜愛、更有效率地融入人群，一定要下意識地精心盤算。我會不會一直操縱著別人，有利於自己？自以為坦誠相對，結果會不會是為了自己而笑？

我發過誓，再悲傷都不怕。可是，親近製造出悲傷，無論是踏上旅途的人還是送行的人都一樣。也許我自己一直不斷做出最傷對方的選擇。

兩年半前，我明白了自己名字的意義。原來叔叔是對我有所期待，期待仿造品，能與人走下去。當我發現叔叔將這個心願託付給我時，我驚訝得說不出話來。我對自己的無能感到厭惡，從此決定再也不和人產生關係。

結果，我無法面對愛這種感情。

在公園的鞦韆上，我遇見了他。一開始只是擔心他，所以才跟他說話的。但是，看著那雙無力的眼眸說出他的原因和煩惱，我不禁開始羨慕他。因為他的煩惱，來自於他擁有與人生活所需的溫柔，是我再怎麼想要都得不到的。

你的人生，絕對不是灰色的，你可以選擇任何對象、任何未來。你的心，蘊藏著無限的色彩。我想這樣告訴他，可是我沒做到。我心中閃過叔叔的結局，用惡劣的方式傷害了他，從他身邊不告而別。

已經過了八年了。最後的離別，一直讓我很後悔，我不知多少次在內心祈求希望能夠重來。大概，就是因為我一直這麼想，才會與他重逢的。

最後的兩年，我把所有的時間全部用在記錄風景上，非常孤獨。我想告訴其他人我的存在，想排遣我的寂寞，便把照片上傳到網站上。

去年十月，我的頁面收到第一則留言。我一直猶豫要不要回覆，最後決定以 ai 代替踏上旅程的千奈美，描繪理想的生活。過了好久，我才發現那個對象就是當時的男孩。

原來他什麼都記得。知道把他綁在過去的人就是我，我拚命地否定自己。然而，他不但不生氣，還感謝我。

完全讓我無言以對。我一心覺得他會討厭我，卻還想跟他取得聯絡，以ai這個假身分欺騙他，我被自己的自私嚇得發抖。

早該老老實實道歉的，我到底在做什麼？這樣的罪惡感讓我無法承受，決定刪掉所有照片，而這個決定又讓我再一次辜負他。

機內廣播飛機準備降落。雲霧散去，輪廓漸明的街景悠然靠近。

即使如此，我還是捨不得刪掉ai的帳號。事到如今我已沒臉見他，痛苦得覺得一切都完了，無論走在哪裡，腦海裡都有他。我想看看他變成了怎樣的大人，想像尋找鳥那天一樣，兩人邊走邊聊。然後，想好好向他道歉。

有一天，我發覺了。這種心情，或許就是愛。我的所有過去都在告訴我，一定就是。幸福、信賴、謊言、悲傷、後悔，這些全部，都包含在那個詞裡。

無論身為觀測者還是仿造品，我都不完美。

可是，在最後，我能再次相信嗎？或許在錯誤道路的盡頭，我們的心可以相通。

飛機滑進跑道。發出了小小的著陸聲。我回頭，向完成航行的銀色機體按下快門。

這一定是最後一隻鳥。我這麼認為。

2018-06-18

熬夜看完小說的我，在極度的睡眠不足中迎接早晨。穿上風衣仰望天空清澈無比，連遠處的街景都清晰可見。

穿過收票口，上了正準備出發的新幹線。望著在加速中往後流逝的一棟棟灰藍色大樓時，卡咪打電話給我。

「大志，你出發了？」

「嗯。不過我想千奈美大概要傍晚才會來。」

我靠著列車門閉上眼睛。武田先生說，那張照片是夕陽的公園。那個人是ai，也是千奈美的她，只放了唯一一張照片，既然如此，那張照片應該是有意義的。

「是嗎？」

卡咪的聲音非常膽怯，欲言又止地說。

「……大志，我知道現在說太晚了，但我們應該沒有被騙吧？」

「怎麼說？」

「因為，會不會太巧了？和大志交流的 ai 就是千奈美，而我又是千奈美的同學，短短幾分鐘就刪掉的照片竟然剛好被武田先生看到，真的有這麼巧的事嗎？應該不會發生什麼不好的事吧？應該不會出什麼錯吧？」

「在意也沒用啊。」

「是沒錯啦。」

我本來就沒有其他選擇。這時候要是逃避，我會後悔一輩子。在最後一絲期待中，不知為何我卻異常冷靜。

「不過，遇見卡咪的確是奇蹟。」

如果不是卡咪知道她的電話號碼，所有發生過的事應該就只是片段，我感謝將這些片段拼湊起來的微小機率。可是，卡咪卻哼了一聲。

「哦，那要是我不認識千奈美，我就不是奇蹟了？」

「我不是、這個意思。」

「拜託你也把話說清楚好嗎。」

「抱歉。」

「……好啦，是不是奇蹟，也許真的就是只差在那麼一點點吧。」

卡咪輕輕笑了笑。

也許真是如此。

我們的現在是由無數的偶然累積而成的，反過來說，這些偶然才是讓我們此刻能站在這裡的理由。遇見卡咪，聽見那首曲子，又有佐竹小姐、武田先生，才會有現在。一定還發生很多我不知道的事。是偶然還是必然，不過是想像力的問題。

一切都是必然，一切也都是奇蹟，將這些稱之為命運，應該不會錯。

「總之，我很慶幸能遇見卡咪。」

這不是謊話。片刻沉默之後，傳來「我也是」的聲音。手機深處，聽得見不自然的吸氣聲。

「要是，你有機會和千奈美說話，」

電車經過隧道，寂靜降臨。開始爬高的朝陽，為肩頭披上一層暖意。

「幫我跟她說『很多事情我很抱歉。還有，謝謝妳』。」

我答應她了。卡咪說聲「拜託囉」就掛掉電話，她的口氣溫柔得像是在許願一樣。

睽違三年的家鄉很新鮮。車站翻新過，時刻表也變成液晶的，甜甜圈店倒了變成便利商店。學生在沒看過的大樓進進出出，我才知道以前上的補習班開了分館。

很多事情，都一點一點慢慢地改變了。在懷念中感到一絲孤獨，我走路回家，一插進鑰匙，大門就開了。我搭了電梯，轉過走廊的第三家。我做了一個深呼吸，靜靜打開那道深色滑順的門。

還沒有人回家。我走進自己的房間，打掃得一塵不染，我感覺到什麼都沒說的媽媽心意，覺得鼻腔深處好痛。為什麼我就是不能坦率一點呢？

聽到有人開門的聲音。媽媽明明看到鞋子就知道我在家，卻沒來敲我的房門。提著超市袋子的腳步聲往客廳方向走去。我心想，現在的話，還可以不見面就離開。

這樣輕鬆多了。我大可一個人活下去，甚至再也不必回到這裡。媽媽多半是把最後的選擇交給了我。儘管她為我準備了歸處，一直在等我。我不是個完美的孩子，即使這樣她還是肯定我，而我緊緊抓住這份溫柔就是長不大。

可是，我最終還是打開了客廳門。媽媽就在那裡，正要將冷凍食品和牛奶放進冰箱。

「……你回來啦，大志。」

在搜尋對話的沉默中，我對媽媽的矮個子感到不可思議，髮旋處也露出白髮。於是我明白了，父母的時光流逝得和我的一樣快，或者更快。我們能夠重新當一家人嗎？失去的不是三年，而是從出生開始到現在。我不能再讓她擔無謂的心了。

「媽，我已經不要緊了。」

「是嗎？」溫柔微笑的媽媽，輕輕握住我的指尖，她的手有點清瘦。

我回到自己的房間，從書桌最深處拿出一個信封，信封裡裝著那張照片，照片上的我依舊表情微妙。「媽，我出去一下。」我綁鞋帶的時候，媽媽從客廳探頭出來。

「晚飯要吃什麼？我做你愛吃的。」

「那，漢堡排。」

我一邊開門一邊答。隔了那麼久，我又想念起那個味道了。

天空顏色帶著橘色，我用幾乎是跑步的速度快步走過住宅區。明明是只走過幾次的路，我卻完全沒有遲疑。或許是已經沒有小孩子會來玩了，公園顯得極為荒廢，插在沙坑的看板上說，不久遊樂器具就要拆掉。以鞦韆為中心的風景令我百感交集，自然而然閉上眼睛。

那時候，我一定是希望得到原諒吧。我一直以為要在別人心中得到一席之地，就必須保持完美，過去的苦惱，都是為了要讓我發現這個錯誤。要面對真正的自己，那是必要之痛。現在，那些我全都明白。

我聽見有人踩在草地的沙沙聲。我懷著十足的把握，回頭面向這望眼欲穿的動靜。

那裡，有個女孩。胸前拿著一台相機站在那裡的是，一點也沒變的她。

漫長的歲月過去，我甚至覺得這八年完全沒有空白，自然而然接受了現在這個狀況。但是，有句話我應該先說。

「我叫山浦大志。」

她吃了一驚，同樣說道：

「我是伊藤千奈美。」

「好久不見。」

「……好久不見。」

千奈美舉起手的動作有些遲疑，她尷尬地笑了。

她盪著鞦韆，說自己不是人類。低著頭緊抓著鐵鍊，說她是為了觀測地球的風景和人類的感情而四處旅行。

「在那些研究者眼裡，人類只是實驗品？」

「嗯。」

「這樣啊……」

明明是不合常理的事，我卻不怎麼驚訝。一方面是因為身旁的她就證明了這一切，但更重要的是，我對她本身是什麼根本不在意。

「那，ai果然就是千奈美？」

我想知道的，是千奈美的內在。對於我的問題，她望著地面點頭。

「對，我就是ai。」

「那，千奈美為什麼要刪掉照片？要是發現我是那時候的人，告訴我就好了啊。」

「對不起，因為我覺得你一定很討厭我。」

「我怎麼會！」

「為什麼？我對你說了很過分的話，還辜負了你兩次。我沒有資格讓你對我這麼好。」

她神情凝重地抿起嘴。都什麼時候了還在說這些，好不容易才有今天，像這樣重逢了，兩人之間還需要說明嗎！

「那些，都不重要了吧。」

「咦？」

「我是想和千奈美說話，想再見妳一面，一直尋找才有今天的。妳不要因為自己心裡過不去，就想結束一切。」

也許她就和追求完美那時候的我一樣。

「討厭過千奈美的人要我傳話給妳。『很多事情我很抱歉。還有，謝謝妳。』妳記得後藤文香嗎？她知道千奈美的真正身分之後，一開始還說很噁心。做了那麼多事，事到如今才道歉，想得真美。」

「……後藤同學這麼說？」

千奈美抬起頭，眼中有些許光亮。

「很多人也是這樣。重視公司更甚於恩人的人啦，逼病人寫書的人啦，真的是不勝枚舉。結果無論是誰，每個人都很自私。」

不過，我也絕對沒有驕傲的資格。

「不過，那些都是真的吧？想和人建立關係的千奈美、喜歡拍照的千奈美，都是真正的千奈美吧？別說因為妳是觀測者就辜負了別人，別這樣一句話就否定一切。」

不會老，其實不是人，比起這些，我們自己不願去面對的弱點多得是。即使如此，我們還是心懷期待。

期待著或許還能改變。在理想與現實之間徘徊，相信無常的未來，相信總有一天會遇見真正能夠接受的自己。

「那，我可以笑嗎？」

她的聲音在發抖。

「我想並不是人人都跟你一樣，也一定有人是真的、真的很討厭我。這樣我還可以笑嗎？我可以由衷認為，與人相遇是一件幸福的事嗎？」

可以。因為會這樣煩惱本身就有價值，一定是這樣的，因為這是千奈美教會我的。

「不完美也不必在意。而且，就算有人討厭千奈美，我還是喜歡千奈美。」

所以我才會在這裡，所以才不希望妳迷惘。

「無論什麼時候，妳就是妳啊。」

我抱住摀著臉大哭的她。甜甜的香味，相依的身體溫度，有點發燙般的體溫，這確實是千奈美的體溫。即便，這不是人的體溫。

她的手放在我的胸前，差一點點就要碰到的嘴唇，平靜地悄聲說：

「我也喜歡你。」

開心地瞇起眼睛。

於是我知道了。原來，她是這樣笑的。

我們一直互相擁抱著，就好像怕對方溜走一樣。她纖細的指尖滑過我的手臂，羞怯地和我分開，我問她：

「千奈美，妳還有時間嗎？」

「還有」這兩字的意義我想她應該明白，所以平靜地點了點頭。

「還有。你要做什麼？」

「我想去個地方。」

我牽起她的手站起來。

「哪裡？」

「很多地方。」

她睜大了眼睛。我對國中的我說：

太好了。看來可以實現約定了。

靠著那天的筆記，我們走過街頭。有趣的招牌、造型特殊的大樓等等，我們兩個對我當時那個便條紙上的潦草筆跡苦笑著，聊了好多。

「後來千奈美去過哪些地方？」

「我去過的地方呀，我去了海邊，也去過山上，哪都去了。還在北海道露宿了三週呢。」

「有沒有發生過什麼有趣的事？」

「嗯，有發生過讓我嚇一大跳的事。」

「什麼事？」

「祕密。」

「咦咦，告訴我啦。」

「不行，我答應人家的。」

「是嗎？那就沒辦法了。」

「你呢？高中有沒有快樂的回憶？」

「或多或少啦。不過，我想我幾乎都跟 ai 說過了。……啊。」

「有一個女生我忘了說。」

「咦！」

「想知道嗎？」

「想！」

「不告訴妳。」

「咦，怎麼這樣，你很壞耶！」

「哈哈哈！」

「別只顧著笑，告訴我呀——！」

剩下的時間太短，不夠讓我們知道彼此的一切。

我想正是因為我們彼此心裡都知道，才會這樣笑鬧著。她那雙藍色眼睛，一直望著往河岸鐵橋落下的夕陽。輕輕順著頭髮回顧的，一定是她過往人生的一切吧。實在是波瀾壯闊的一生。讓我有點不服氣，於是我問了一個不重要的問題。

「那時候，千奈美喜歡我嗎？」

她的視線沒有離開搖曳的波光，喃喃地說：

「……喜不喜歡呢。」

「會這樣說的時候，絕大多數都是不喜歡。」

「吼，別逗我啦！」

她氣嘟嘟地鼓起臉頰。

在那裡的，不是完成使命的觀測者，只是一個天真無邪的女孩。

握緊的手沒有片刻放開，我們回到了公園。仰望夕照的她說：

「是魔幻時刻呢。」

交織了金色的天空沒有太陽，但是沒有影子的景色中充滿了光。

「最後我幫你拍一張。」

她鬆開了手走遠。低頭調整相機的背影好纖細。

「我說，大志。」

「什麼？」

「你真的很慶幸遇到我？」

這還用說嗎。

「當然。」

「是嗎？」

「為什麼問這個？」

「因為我怕我不在之後，你會不會又很消沉。」

「當然會了。」

「也是。」

她甩動著頭髮。

「真叫人擔心。我會不會阻礙了你呀？」

「這就不用妳煩惱了。」我說。

「千奈美不在了，我還是會活下去的。」

「這樣啊，好像也很讓人不甘心。」

她不服氣地看我。

那張臉上，充滿了種種感情。悲傷、安心、不安和喜悅，全都等量呈現。

明明是說不上到底是什麼表情的表情，卻無比動人。

好美。

我不禁笑了。

我覺得我必須以笑容送她，而不是眼淚。

「時間差不多了。」

她靜靜地將食指放上快門，把臉藏在相機後。我只是筆直地望著鏡頭。那七彩的顏色，頓時喚起令人懷念的記憶。景色與意念無不鮮明，那天的悸動又回來了。

她也一樣吧。即使隔著相機，我也知道她的表情是在笑。

「你真的長大了呢。」

我明白了。

將來，我一定會時常想起她。

當我走在街上。

當我仰望天空。

當我想尋死的時候。

當我有了其他喜歡的人的時候。

還有，當將來有一天我要斷氣的時候。

已不存在這個世界任何一個地方的她，隨時隨地都會出現來打擾我。她會管我：你真的要這樣嗎？我覺得不行，別為了這種事去死呀。鑽進我的腦中，纏住我的手臂，擅自為我的人生掌舵。

這是詛咒。多半一輩子都解不開的詛咒。

但是沒關係，如果這樣能讓我感覺到她的話。

反正最後做決定的是我。只要把這些迷惘也當作是自己的，繼續向前走就好，就這樣無數次想起當時她確實活過，這樣就好。

失去的時候、改變的時候、不變的時候，她一直都在身邊，這樣就一點也不寂寞。

不，騙人的。還是會寂寞。

「千奈美。」

「什麼？」

她的輪廓漸漸模糊。

我好怕她沒聽見，喊道：

「我愛妳！」

眼前一片白。

在光之中，傳來一個溫柔的聲音。

「我也愛你。」

那是，一陣長得令人以為永遠不會結束的閃光。七彩在半空飛舞，當眼睛漸漸適應時，她已經不見了，只有一個信封掉在地上。抽出來的照片上，我在笑。翻過來，上面果然有字。

謝謝

只寫了這兩個字。

個體 No.06742311-2 回收。

數據傳送完畢。

學習數據回收完畢。

軀體至 C-18 區廢棄。

……

……

……

個體 No.06742311-1 有一則訊息留給個體 No.06742311-2。是否顯示？

Y/N

顯示留言。

〈千奈美，我已經申請了將妳的意識傳送到活體，對地球的調查大概到妳就結束了，所以這是一點小禮物。這完全是私人用途，所以可能得不到許可，但是妳在一個得不到關注的行星忠誠地完成了任務。雖然我想聰明的研究者應

該不至於連「愛」這種低等的感情都不知道。若妳收到這則訊息，大概就代表是這麼一回事。恭喜妳。〉

是否同意這則留言？

Y/N

請輸入活體基座之模型數據。但是，有重量限制。

輸入完畢。

個體 NO.06742311-2 主數據樣本化成功。

AI 本體神經元格式化。

格式化完畢。

個體 No.06742311-2，拷貝數據接收端建構中。

2022-03-21

中午過後客人零星的咖啡廳裡，我喝著快變涼的咖啡。與演員表和筆電對望十幾分鐘後，喀喀作響的高跟鞋腳步聲在我面前停住。

「嗨，久等了。」

卡咪舉起一隻手，長大衣和高腰裙，看來她對服裝的喜好沒有什麼變化。

「好慢。是妳找我的耶，我也是很忙的。」

「抱歉抱歉，路上很塞。哎呀，不過沒想到你會指定電視台旁的咖啡廳，大志也變成大牌了呢。」

「就是因為不夠大牌才會選這種地方啊。」

「啊哈哈，有道理。那，你現在做什麼？」

「紀錄片的助理。要談跟拍談不下來。」

結果我畢業後找工作找了一年，才進入電視台。不合理的地方雖多，但還不至於討厭，社會人挺好玩的。

「哦，一個對人那麼不感興趣的人竟然在做這種工作。」

「煩欸。」

毫不刻意的對話令人懷念。卡咪喝了冰紅茶，沉思般望著外面。寒冬已然結束，綠意竄出新芽。

「我們多久沒見啦？」

「大概三年吧。」

畢業後，我們自然而然地不再聯絡。也許就是這樣吧，我、卡咪，都各自走上自己的人生。

「那，有什麼事？」

我就直接問了。她竟然會特地把我叫出來，肯定是有事。

「啊——。呃，你別太驚訝哦。」

「嗯。」

「我要結婚了。」

咦咦！我不禁驚呼，整間店的人都在看我。卡咪對縮起脖子的我笑了。

「……真假？」

「真的啊。」

「跟誰？」

「公司裡大我兩歲的前輩。」

「帥哥？」

「超普通。身材普通，興趣也是看漫畫什麼的，全部都很普通。」

「妳該不會又是在騙我吧？」

「才不是！」

她一邊生氣一邊用力捏了我的臉頰。我道了歉，搓我的臉時，她的話慢慢融化。是嗎，那個卡咪要結婚了。

「所以你要來喝喜酒哦。只有大志，我想當面跟你說這件事。」

她難為情地低下頭。我心中感到陣陣暖意。

「嗯。我也有點想見見卡咪的朋友。」

「沒錯！不過，大家都有敏感的時期啦。」

她嘿嘿笑著按住了嘴。看她這樣，就覺得啊真好，能夠自然而然地說：

「恭喜妳，卡咪。」

「嗯，謝謝。」

她托起腮，幸福地燦然一笑。

卡咪要直接去討論婚禮，我們便並肩走到電視台。

「大志最近怎麼樣？有女朋友了？」

「還沒有。」

「那個『還』是什麼意思，是在強調什麼啦。」

「要妳管。」

「什麼啊。不過我跟你說，還是快點結婚。不然好女孩都會銷光哦。」

「自己要結婚了就這樣……啊！」

街頭螢幕播放著那本小說的動畫預告。

「對喔，好像是這個週末在無線電視台播？」

「嗯，週五晚上九點。」

片中美麗又纖細地截取了兩個少女的日常生活。我去戲院看了那部動畫。

是一部老少咸宜的好電影。

「想想真不可思議。裡面其中一個就是千奈美吧？」

「是啊。」

誰也不認識的千奈美。

有點特別的她。

她存在過的證明散落各處，在我心中，也在卡咪心中。

「嗯？」

我的視野中忽然出現熟悉的色彩，視線便被路燈吸過去。那裡停著一隻鳥，既不是俯視地面，也沒有尋找食物，只直直盯著螢幕上播放的影片。那是那天和她一起找的鳥。竟然在這樣的鬧區裡看到，實在難得。

牠轉動頭部，看到我眨了一下眼，短短幾瞬的對望，不知為何一股心意互通的感覺襲來。牠離開路燈筆直飛來，在我頭上回旋然後往上飛，拚命鼓動小小的翅膀，越飛越高。

「怎麼了？」

卡咪注意到我的反應，往頭頂上看。但那裡已經什麼都沒有了，只有萬里無雲的藍天。

「沒事。」

我笑了，久久地仰望遙遠的彼方。

那隻鳥，和那天看到的樣子只有一個地方不同。

尾翼的正中央，有一根橘色的羽毛。

CONTENTS

目錄

繁體中文版獨家作者序 —— 002

2018-06-18 —— 007

2010-06-08 —— 011

2017-10-02 —— 047

side. 後藤文香 2013-10-04 —— 061

side. 武田佑太郎 2015-12-15 —— 087

2017-12-05 —— 111

side. 川上晶 2012-06-22 —— 143

2018-05-22 —— 169

side. 北見千冬 1990-11-20 —— 193

side. No.06742311-2 1989-08-14 —— 227

side. 伊藤千奈美 2018-06-18 —— 259

2018-06-18 —— 265

2022-03-21 —— 288

國家圖書館出版品預行編目資料

模仿和極彩度的灰 / loundraw 作 . -- 初版 . --
臺北市：三采文化 , 2020.07
面； 公分 . --（iREAD ;126）
ISBN 978-957-658-368-1（平裝）

861.57 109007243

suncolor 三采文化集團

iREAD 126

模仿和極彩度的灰

作者｜ loundraw 繪者｜ loundraw 譯者｜劉姿君
日文編輯｜李嫜婷 版權經理｜劉契妙 美術主編｜藍秀婷 封面設計｜ 藍秀婷
校對｜聞若婷 內頁排版｜陳佩君

發行人｜ 張輝明 總編輯｜ 曾雅青 發行所｜ 三采文化股份有限公司
地址｜ 台北市內湖區瑞光路 513 巷 33 號 8 樓
傳訊｜ TEL:8797-1234 FAX:8797-1688 網址｜ www.suncolor.com.tw
郵政劃撥｜ 帳號：14319060 戶名：三采文化股份有限公司
本版發行｜ 2020 年 7 月 10 日 定價｜ NT$360